Der Herr der Ringe™

DIE GEFÄHRTEN

LASAINE

GARY RUSSELL

DER HERR DER RINGE™

DIE GEFÄHRTEN

DIE ERSCHAFFUNG EINES FILMKUNSTWERKS

Übersetzt von Hans J. Schütz

KLETT-COTTA

Dieses Buch ist – mit viel Liebe und vielen Schokoladefröschen – Alyson, Matt und Rona gewidmet, ohne die …

Klett-Cotta
Die Originalausgabe erschien unter dem Titel „Lord of the Rings™. The Art of The Fellowship of the Ring“ im Verlag HarperCollins, London

Satz des deutschen Textes: Offizin Wissenbach, Höchberg bei Würzburg
Gedruckt und gebunden in Singapur

ISBN 3-608-93331-X
www.klett-cotta.de/fantasy
www.hobbitpresse.de/tolkien/

Inhalt

DIE GEFÄHRTEN
Früher Entwurf
Alan Lee
„Dieses Bild fertigte ich für Peter an, bevor auch nur eine Rolle besetzt war, bloß um einen Eindruck von der Dynamik der Gefährten zu vermitteln. So sieht man Gollum, der vor Frodo, Gimli, Legolas, Gandalf und Aragorn katzbuckelt, von denen natürlich keiner genauso aussieht wie später im Film."

DER EINE RING
Elbenschrift
Imery Watson
Rechts oben: Der Entwurf der Elbenschrift, die auf dem Ring erscheint. Imery kopierte die leuchtenden Runen mit Photoshop direkt in den Film.

Vorwort

Vermutlich haben Sie, wenn Sie dieses Buch lesen, den Film *Die Gefährten* gesehen. Manche werden ihn mehr als einmal gesehen, viele das Buch gelesen haben, und einige werden sogar das unvermeidliche T-Shirt tragen. Obgleich ich während der Vorarbeiten zu diesem Buch hin und wieder ein Stück Film zu Gesicht bekam, war die Vorführung des fertigen Films im Dezember 2001 der Höhepunkt einer neunmonatigen Odyssee durch die Welten von Tolkiens Mittelerde – oder genauer gesagt, Peter Jacksons Mittelerde, denn er wird der erste sein zu betonen, die Film-Trilogie sei eine Interpretation von Tolkiens Buch. Aber für die Künstler, deren Arbeiten hier auf diesen Seiten erscheinen, war die Premiere der Höhepunkt einer langen Arbeit – die für einige fünf Jahre gedauert hat. Das ist eine ziemlich lange Zeit für nur ein einziges Filmprojekt, auch wenn sie sich über drei eigenständige Filme erstreckt.

Ich hatte das Glück, zuvor die „Three Foot Six Studios" (der Name bezieht sich auf die durchschnittliche Körpergröße eines Hobbits) in Wellington, Neuseeland, besuchen und einen Großteil der Vorarbeiten an der *Herr-der-Ringe*-Saga beobachten zu können. Das Engagement, die Hingabe und die Liebe, die jeder dem Projekt entgegenbrachte, waren inspirierend. Es ist so gut wie unmöglich, diese unglaubliche Energie in Worte zu fassen, denn ohne ihre Stimmen, ihre Gesichter und ihre Körpersprache vermögen die Bilder und Worte der Künstler nicht die ganze Geschichte zu erzählen. Dennoch glaube ich, daß die bloße Qualität Hunderter von Skizzen und Zeichnungen – einige traditionell, andere digital – mehr als einen Hinweis auf die buchstäblich ehrfürchtige Erregung und Freude gibt, welche die Macher dabei empfanden, absolut lebensechte Geschöpfe und Welten zu erschaffen.

Ein kurzes Dankeschön – an Peter Jackson, der für mich das Dreifache der vorgesehenen knappen Zeit übrig hatte, um mit mir über Filmemachen heute zu sprechen; an Fran Walsh und Philippa Boyens, die Verständnis hatten, daß ich, kein Tolkien-Leser, keine vorgefaßte Meinung darüber hatte, wie die Dinge aussehen sollten (mir aber gefiel, wie sie aussahen); an Ngila Dickson, Randy Cook, Jim Rygiel, Barrie Osborne und Dan und Chrissie Hennah, die mich alle in ihren eigenen Welten willkommen hießen; an Alan Lee und John Howe, die beide viel zu bescheiden sind und denen, glaube ich, gar nicht bewußt ist, wie sehr sie alle durch ihre Achtung vor den Büchern und durch ihre künstlerische Arbeit beflügelten; doch am meisten danke ich Paul Lasaine und Richard Taylor, ohne die dieses Buch nicht hätte entstehen können.

Ich hoffe, dieses Buch wird zeigen, daß sich hinter dem Film *Die Gefährten* weit mehr verbirgt, als man auf der Leinwand sieht. Ich möchte bloß, daß sie weitermachen und *Die Zwei Türme* fertigstellen – ich habe die Zeichnungen bereits gesehen, und der Film wird fantastisch werden …

Gary Russell
Januar 2002

Einleitung

Obwohl dies eher ein Loblied auf häufig unbemerkte, oft übersehene Aspekte des Filmemachens (vom Konzept bis hin zur Ausführung) ist als ein typisches Buch über den „Blick hinter die Kulissen" – dafür gibt es andere –, lohnt es sich, ein wenig Zeit für Einleitungen zu verwenden, bevor man „die Bilder anschaut". Am besten können jene erzählen, die mir die Geschichten selbst erzählt haben – Regisseur Peter Jackson und seine wichtigsten künstlerischen und technischen Mitarbeiter Grant Major, Paul Lasaine, Alan Lee und John Howe. Doch beginnen wir mit dem Oberzauberer der Produktion, mit Richard Taylor, dem Chef von Weta Workshops.

„Vor vierzehn Jahre gründete ich mit meiner Partnerin Tania Rodger in Wellington ein Studio für Spezialeffekte. Im Lauf der Jahre sind wir häufig umgezogen, bis wir uns schließlich vor sechs Jahren hier niederließen. Ich glaube, das Firmengelände umfaßt knapp 20000 Quadratmeter, was gar nicht übel ist. Fünf Abteilungen, das Digital-Studio eingeschlossen, arbeiten unter einem Dach. Für den *Herrn der Ringe* hatten wir 148 Leute in den Studios und 38 am Set, die für die fünf Abteilungen tätig waren; dazu kamen 200 Künstler bei Weta-Digital. Es gibt einen sehr kleinen Produktionsstab von sechs Leuten, die sich um all die täglichen Einzelheiten der Ausstattung und Herstellung, die Arbeit am Set und die erforderliche Nachbereitung kümmern.

Wir begannen Ende 1997. Wir besorgten die Ausführung der Entwürfe, die speziellen Make-up-Effekte und Masken am Set, die Entwürfe für die Kreaturen und die Herstellung der Modelle bis hin zur endgültigen Version, die unsere Digital-Abteilung dann einscannte. Dazu kamen Rüstungen und Waffen und die Herstellung von Modellen in kleinem Maßstab, von einfachen Türmen bis hin zu komplexen Städten und Landschaften, und wir glauben, es ist das erste

Mal, daß sich ein Studio bei einem Film um so vieles gekümmert hat. Manche mögen das für größenwahnsinnig halten, aber der Hauptgrund, weswegen wir von Anfang an alles in der Hand haben wollten, war, daß wir wußten, wie wichtig eine einzige Vision von Tolkiens Welt für die Einheit des Werks sein würde und daß ein bestimmter ‚Tolkien-touch' unbedingt nötig wäre. Ich versuchte nach Möglichkeit, jeden Gegenstand zu kontrollieren, damit die Rüstung so wirkte, als stammte sie aus dem Land, in dem das Wesen, das sie trug, gelebt hatte.

Weta hat nicht gerade Weltformat, so daß es vor fünf Jahren überaus vermessen war zu sagen, wir wären der Aufgabe gewachsen. Jetzt, da das Projekt beendet ist, sind wir sehr stolz auf die Leistung jedes einzelnen. Ich entschied mich bewußt dafür, eine Anzahl junger Neuseeländer einzustellen, die noch nie an Spielfilmen mitgearbeitet hatten, um den Eindruck von ‚Hochglanz' zu vermeiden, der nach meinem Gefühl nicht zur archaischen Atmosphäre Mittelerdes paßte. Ich spürte Leute auf, welche die Bücher leidenschaftlich liebten und außerdem unglaublich kreativ waren. Ich stellte dieses Team zusammen, ließ die Leute ausgedehnte Studien zu bestimmten Geschichtsepochen betreiben, so daß wir nach dem Eintreffen von John Howe und Alan Lee, die unsere Kenntnisse ungemein erweiterten, in der Lage waren, diese riesige und verzwickte Welt mit Leben zu erfüllen und etwas zu schaffen, auf das wir alle stolz sein konnten."

Peter Jackson war sehr daran gelegen gewesen, Alan Lee und John Howe für die künstlerische Gestaltung des Films zu gewinnen – ihre preisgekrönten Illustrationen hatten in vielen Ländern während der 90er Jahre Tolkiens Bücher außen und innen geschmückt und waren bei Millionen Lesern eng mit dem Hobbit und dem Herrn der Ringe verbunden. Gleichwohl begann Peter sein Netz so weit wie möglich auszuwerfen.

„Wir stöberten alle Bilder zum *Herrn der Ringe* auf, die wir finden konnten, weil *Der Herr der Ringe* im Gegensatz zu anderen Filmprojekten den Vorteil hat, daß bereits eine große Zahl von Illustrationen existierte. Es gab Kalender, Bücher, Gemälde und Kunstwerk der verschiedensten Arten, also machten wir uns intensiv auf die Suche, um auch das letzte Bild zu finden, das je angefertigt worden war. Und so erfuhren wir von Alan Lee und John Howe. Diese beiden haben uns wirklich am meisten inspiriert.

Sobald wir ihre Bilder gesehen hatten, war uns klar, wie der Film sein sollte, welches Ziel wir absteuern sollten. Wir beschlossen also, Alan und John zur Mitarbeit zu gewinnen. Ich hatte keine Ahnung, ob sie Interesse haben oder einen Tolkien-Film überhaupt billigen würden, denn es gibt viele intensiv mit Tolkiens Werk befaßte Leute, die wirklich nicht wollen, daß es verfilmt wird, und ich wußte nicht, ob Alan oder John zu ihnen gehörten. Ich nahm also Kontakt zu ihnen auf und sagte: ‚Eure Bilder inspirieren uns, und wir hätten euch gern bei dem Projekt dabei.' Zu meinem Glück waren sie mehr als begeistert …

Alan Lees Illustrationen eignet Schönheit und ein lyrischer Charakter. Sie fingen etwas ein, das ich im Film wiedergeben wollte, eine Art anmutiges, zartes Gefühl … eine Poesie, wenn Sie wollen. Ja, die poetische Qualität von Tolkiens Buch fing er unglaublich gut ein. John Howe versteht es meisterlich, aufregende Momente wiederzugeben. Seine Bilder wirken fast wie Standfotos aus dem Film. Er hatte bereits ein großes Gemälde von den Wassermassen gemacht, welche die Schwarzen Reiter wegspülen, und ein weiteres von Sam, der gegen Kankra kämpft (im dritten Teil des Films zu sehen). Seine Darstellungen Gandalfs hatte ich am liebsten. Sein Stil ist nicht ganz so lyrisch wie der von Alan Lee, doch er hat einen stärker ‚filmischen' Charakter.

Also war Alan mehr für die poetische, John für die dramatische Seite zuständig. Ich war keinesfalls daran interessiert, ihr gesamtes früheres Werk zu ignorieren und zu sagen: ‚Wir machen etwas Originelles, und alles muß neu sein.' Mir lag mehr daran, daß sie ihren früheren Bildern Elemente entnahmen und weiterentwickelten, die ich wirklich gern hatte. Leute, die Alans oder Johns Illustrationen zu Tolkiens Büchern kennen, werden also im Film eine Menge vertrauter Dinge finden. Obwohl ich wirklich nicht erwartete, daß sie des Films wegen alles neu erfanden, wollten sie sich jedoch auch nicht selber kopieren; also nahmen sie immer die früheren Bilder, überarbeiteten sie und begannen im Grunde von vorn. Ich wollte, daß sie Dinge entwickeln konnten, die ihnen gefielen, und auch alles verändern, was ihnen nicht gefiel."

Nachdem ich von Peter so viel über die berühmten Alan Lee und John Howe gehört hatte,

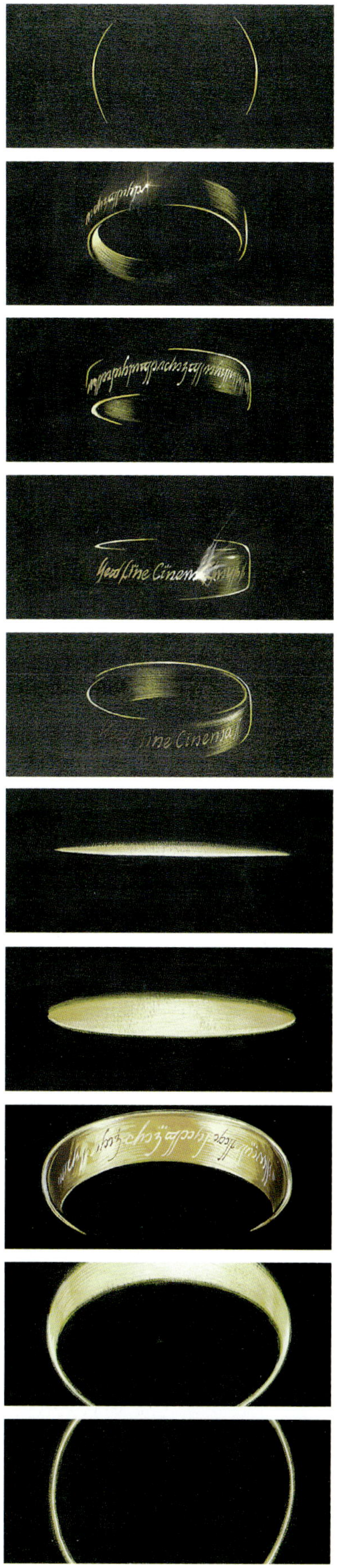

Ideen für Titelsequenzen
Jeremy Bennett
Diese frühen Ideen wurden von Jeremy Bennett nach einer Reihe von Arbeitssitzungen der künstlerischen Abteilungen mit Peter Jackson zusammengestellt. Jeremy sollte herausfinden, wie man für den Anfang und das Ende des Films das Symbol des Rings, später Gold und heiße Lava als dominierende Motive verwenden konnte.

Ideen für Titelsequenzen
Jeremy Bennett
Von allen Entwürfen Jeremys gefiel Produzent Barrie Osborne diese Version am besten. Die Lettern tauchen allmählich aus der Schwärze auf, die zur Kruste der Lava wird. Wenn die Kamera an die Lava heranfährt, werden die Worte sichtbar.

beschloß ich, sie nach ihrer Arbeit an der Trilogie *Der Herr der Ringe* zu befragen. Alan Lee erzählt:

„Ich las das Buch zum erstenmal, als sich sehr jung war, und es hat mein Leben eine Zeitlang vollständig beherrscht. Ich machte nicht viele Illustrationen, die darauf beruhten, bis etwa um 1990 HarperCollins mir den Vorschlag machte, Bilder für eine Prachtausgabe des Buches anläßlich Tolkiens hundertstem Geburtstag zu malen. Es gab lange Diskussionen mit der Familie Tolkien – ich erinnere mich, daß ihnen vor allem die Hobbits wichtig waren; also machte ich einige Skizzen, und schließlich waren sie einverstanden, daß ich das Buch illustrierte. Danach übertrug man mir auch den *Hobbit,* und ich trat auf diese Weise offiziell mit dem ganzen *oeuvre* in Verbindung. Trotzdem kann ich nicht sagen, daß ich ein totaler Fan bin – ich gehöre nicht zu denen, die das Buch jedes Jahr lesen. Es ist offensichtlich während der letzten zehn Jahre ein wichtiger Teil meines Lebens gewesen, und ich glaube, daß ich es inzwischen recht gut kenne, aber ich kenne es nicht so gut wie einige Leute von Weta, die echte *aficionados* sind. Es ist merkwürdig – die Leute beharren schrecklich auf ‚ihrem' Tolkien, wenngleich mich die Tatsache, daß jedermann die Jubliäumsausgabe kennt, unter einen gewissen Druck gesetzt hat, für den Film das Richtige zu liefern.

Ich glaube, meine Inspiration kommt in der Hauptsache aus der Lektüre der Bücher, doch auch aus der nordischen Mythologie, die mich als Kind faszinierte, und aus anderen Bereichen, auf die Tolkien sich bezieht. Irgendwie gibt es für mich nur eine Möglichkeit, Orks oder Kobolde zu zeichnen, und dies hat mit meinem kulturellen Hintergrund zu tun, mit Dingen, die mich beeinflußt haben. Ich brauche also gewissermaßen nur auf meine Intuition zu bauen, sie mit dem Text zu füttern und darauf zu vertrauen, daß die entstandene Arbeit das widerspiegelt, was andere Leute darin sehen.

Die Arbeit am Film kam für mich genau zum passenden Zeitpunkt. Ich hatte damals keinen Vertrag über ein anderes Buch und war bereit für einen Tapetenwechsel. Es war vermutlich seit zwanzig Jahren das erste Mal, daß ich Großbritannien für eine längere Zeit wirklich verlassen konnte, ohne Redakteure im Rücken zu haben, die mich an Abgabetermine erinnerten!

Ich war immer der Meinung, daß *Der Herr der Ringe* ein fantastischer Stoff für einen Spielfilm wäre und es irgendwann einmal einen geben würde. Es hatte Vorschläge für eine Fernsehfassung in zwölf Folgen gegeben; das hatte sich sehr interessant angehört, aber wie so oft wurde nichts daraus.

Natürlich bestand ein Anreiz darin, nach Neuseeland zu gehen. Auf dieses Land war ich immer neugierig gewesen; die wenigen Fotos, die ich gesehen hatte, beeindruckten mich sehr. Vermutlich hatte ich die Vorstellung, es sei eine entfernte Version von Großbritannien, bloß sauberer, mit höheren Bergen und mit Landschaften, die unheimlich waren, fast wie die von Mittelerde.

Als ich ankam, hatte Weta bereits angefangen, ein paar Geschöpfe herzustellen. Der Höhlentroll war fertig, die Arbeit an den Orks und anderen Kreaturen fortgeschritten, doch sie hatten noch keine Vorstellung von den Schauplätzen und ihren Landschafen, und das wurde meine eigentliche Aufgabe. Obwohl ich mit John Howe zusammen an einigen Entwürfen arbeitete, befaßte er sich mehr mit den Kreaturen, den Rüstungen, mit Sauron und seinen Festungen, während ich mich mehr auf die Orte konzentrierte, welche die Gefährten auf ihren Reisen besuchten, wie Bruchtal und Moria. Allerdings gab es Ausnahmen. Dazu gehörten einige wunderschöne Entwürfe für Beutelsend und den Grünen Drachen.

Peter Jackson ermutigte uns die ganze Zeit, einen oder zwei Schritte weiter zu gehen, als wir es normalerweise getan hätten, denn wir hatten Tolkiens Text zugrunde gelegt. Peter aber wollte Bildsequenzen schaffen, die so interessant, aufregend und dynamisch wie möglich waren. Bald schon gingen wir dazu über, herauszufinden, wie Peter dachte, und begannen unsererseits zu versuchen, vorauszuahnen, was Peter sehen wollte.

Ich denke, unsere Aufgabe bestand darin, Peters Ideen Gestalt zu geben. Das Entwerfen filmischer Bilder ist seine große Leidenschaft und für ihn einer der wichtigsten Aspekte des Filmens; also versuchten wir, ihm Wahlmöglichkeiten und eine Spannweite an Ideen zu geben, damit er sie ausfeilen und entwickeln konnte. Oft hatte er eine klare Vorstellung von dem, was er sehen wollte, und wir führten seine Idee in allen Einzelheiten aus, doch manchmal hatte er nur eine sehr verschwommene Vorstellung davon, was er erreichen wollte. Also mußten wir ihm Alternativen bieten."

Ich traf John Howe in London anläßlich der Vorstellung seines Buches über Tolkien und Fantasy-Kunst, *Myth and Magic.* Ich fragte ihn, wie sich die Arbeit für den Film von seiner gewohnten Tätigkeit unterschieden hätte:

„Als ich in Neuseeland ankam, erhielt ich die kürzeste aller Einführungen – ‚Wenn du es zeichnen kannst, kriegen wir es auch hin!' Wenn es um eine Szene oder einen Schauplatz ging, setzten wir uns hin, studierten das Script, hörten uns an, wie Peter darüber dachte, und dann zeichneten wir. Alan Lee und ich kamen am selben Tag mit demselben Flugzeug an. In 30000 Fuß über Singapur trafen wir uns zum erstenmal. Wir waren uns noch nie vorher begegnet, obgleich ich ihm vor etwa sechs oder sieben Jahren einen Fan-Brief geschickt hatte – er hat nie geantwortet. Daraufhin nahm ich meinen Mut zusammen und rief ihn an, und natürlich war er sehr höflich und zuvorkommend. Wir traten erst wieder in Verbindung, als wir erfuhren, daß man uns beide wegen dieses Projektes angesprochen hatte.

Wir kamen uns nie ins Gehege – es ging alles sehr glatt, weil sich herausstellte, daß die Dinge, die Alan gut macht, ihn anzogen, während mich andere Dinge reizten, so daß Alan Hobbingen zeichnete, während ich an Beutelsend oder am Grünen Drachen arbeitete. Er wandte sich Bree zu, ich suchte mir andere Orte aus. Alan kennt England natürlich wie seine Westentasche, da ich aber in der Schweiz lebe, ist mein Bild von England mit kontinentalen Einflüssen durchsetzt. Einmal, als Alan und ich Stilfragen erörterten, bemerkte Alan, die Wohnungen der Hobbits erinnerten stark an ‚arts and crafts', und ich fragte: ‚Was ist das?' Ich hatte die Bezeichnung nie gehört und erkannte meine unglaublichen Wissenslücken in bezug auf englische Kultur. Andererseits hilft das vielleicht beim Entwerfen von Tolkiens fantastischer Welt.

Als ich anfing, für den Film zu zeichnen, benutzte ich einen sehr großen Bleistift und machte Zeichnungen, die buchstäblich meterlang waren und ziemlich rasch hingeworfen wurden. Ich machte lieber fünfzehn schnelle Bleistiftskizzen, statt eine oder zwei detaillierter auszuarbeiten. Dank Alan lernte ich schließlich, viel langsamer zu arbeiten und mir ein wenig mehr Sorgfalt und Zeit zu gönnen – in meiner Arbeit bin ich an Skizzieren nicht gewöhnt und verstehe mich überhaupt nichts aufs Zeichnen mit Bleistift. Ich mache nie etwas in Schwarz-Weiß, so daß alles für mich zu einem wirklichen Lernprozeß wurde. Ich lernte, in die Ausführung der Entwurfsskizzen viel mehr Arbeit zu investieren, so daß man darauf mehr erkennen konnte als bloß eine eilig hingeworfene, unausgeführte Idee. Ich bewundere Leute wie Christian Rivers, der diese unglaublich detaillierten Illustrationen macht.

Dies war das erste Mal, daß ich für ein Filmprojekt arbeitete, und es war anfangs ein wenig entmutigend. Unsere Aufgabe war, eine Vielzahl von Ideen zu Papier zu bringen und dann einige davon, die Peter Jackson gefielen, auszuarbeiten. Es herrschte eine sonderbare Atmosphäre, denn obgleich uns bewußt war, daß viele Dinge zu entwerfen waren – es war ein großes Projekt, und viele Leute in der Produktion warteten auf uns –, fühlten wir uns keinen Augenblick unter Zeitdruck, es war wirklich unglaublich entspannt. Wenn wir tatsächlich einmal den Abgabetermin verpaßten, sagte Peter: ‚Für ein kreatives Unternehmen gibt es keinen festen Zeitplan. Manchmal klappt es und manchmal nicht.' Diese Freiheit ermutigte uns, besser zu arbeiten. Ein Gefühl der Erwartung herrschte immer, aber kein Druck, zu einem bestimmten Zeitpunkt fertig sein zu müssen.

Alles (bis auf den Stoff des Films natürlich) war vollkommen neu für mich – neue Arbeit, neuer Kontinent, neue Hemisphäre, einfach alles! Inzwischen würde ich gern bei einem anderen Film mitarbeiten, doch ich habe ein bißchen Angst, daß ein anderes Projekt nicht an meine wunderbare Neuseeland-Erfahrung heranreichen könnte. Ich müßte zwei oder drei weitere Filme machen, um eine Vorstellung von der wirklichen Arbeit zu bekommen, weil die Erfahrung mit dem Film *Der Herr der Ringe* so überwältigend war."

Nach dem Weggang von John Howe, als man mit den eigentlichen Aufnahmen begann, stieß Paul Lasaine zum Design-Team. Paul sollte sich um das „Filmische" kümmern und arbeitete an Gemälden, die weniger wiedergaben, wie die Schauplätze und Gegenstände aussahen, sondern nur die Farben, die Proportionen und das, was in den Kamaraeinstellungen zu sehen sein würde.

„Ich hatte mit dem Produzenten Barrie Osborne vor Jahren an *Dick Tracy* gearbeitet. Er fragte mich, ob ich als Produktions-Illustrator mitarbeiten und das Malen der Konzeptbilder übernehmen wollte. Das Projekt bei Dreamworks wurde abgedreht, und ich war im Begriff, mich etwas Neuem zuzuwenden, das, wie sich herausstellte, in der Versenkung verschwinden sollte. Also war ich ungebunden, sagte zu, und es hieß, ich sollte für sechs bis acht Monate nach Neuseeland kommen. Zwei Jahre später war ich noch immer da und verfügte über ein eigenes Team.

Meine Aufgabe bestand einzig darin, Ideen in Bilder umzusetzen. Das ist nicht Peter Jacksons Sache. Wenn er sich etwas, das er im Kopf hat, nicht bildlich vorstellen kann, läßt er sich von

Ideen für Titelsequenzen
Jeremy Bennett
Bei diesem Entwurf werden Pergament und Bücher von einem Windstoß gestreift. Beim Aufblättern der Buchseiten wird der Titel sichtbar.

Designern helfen. Darum ließ er sich von Alan Lee die Architektur entwerfen, bloß um etwas auf dem Papier zu haben, damit er etwas Handfestes zum Weiterspinnen hatte. Unsere Bilder waren gleichsam wie Trailer. Wir wurden in der Hoffnung engagiert, Peters Vorstellungen allen Beteiligten vermitteln zu können, weil wir eine ähnliche ästhetische Vision hatten. ‚Schau dir dieses Bild an – so sollen die Bergwerke von Moria aussehen' und so fort. Ich selbst, Jeremy Bennett, Gus Hunter und die anderen geben die Richtung an. Wir machen wichtige Vorschläge, entwerfen ihm so viele Bilder, wie er will. Und er sucht die heraus, die ihm gefallen.

Es versteht sich, daß kleine Bilder am schnellsten fertig sind. Doch interessanterweise ist die Größe nicht das Wichtigste, sondern die Idee, die im Bild steckt. Ich kann ein Dreimeterbild mit großzügigen Pinselstrichen genauso detailliert arbeiten wie ein Zehnzentimeterbild. Normalerweise konnte ich an einem Tag ein paar davon machen, wogegen eines der großen Bilder, weil sie so detailreich waren, drei, vielleicht vier Tage Arbeit im Freien erforderte.

Oft beginne ich mit Farbe. Manchmal mache ich erst eine kleine Skizze – ich skizziere normalerweise nicht so oft, und wenn, dann sehr grob. Zum Beispiel machte ich für die Lothlórien-Bilder überhaupt keine Entwürfe, sondern fing gleich an zu malen. Am ersten Lothlórien-Bild, dem großen Caras Galadhon, malte ich einen ganzen Nachmittag lang, bis ich aufhörte und das Bild einfach wegwarf. Nicht, weil ich das Bild nicht mochte, sondern weil es nicht in die richtige Richtung ging. Das passiert oft, und es ist weit besser, von vorn anzufangen, als ein Bild zu übermalen und zu versuchen, es zu verbessern. Ich arbeite in der Regel so lange an einem Bild, bis es mir gefällt. Manchmal, wenn ich etwas Besonderes erreichen will, mache ich ein paar kleine Studien, ehe ich anfange. Ich mache vielleicht Fehler, winzige Details, aber ich habe doch eine recht gute Anleitung, um das endgültige Bild zu malen. Man braucht bloß noch Einzelheiten hinzuzufügen – dem Regisseur sagt das große Bild wirklich nicht mehr als die kleinen, aber die Leute mögen die großen lieber.

Eine der Vorstellungen, in denen wir übereinstimmten und die ich die ganze Zeit im Hinterkopf zu behalten versuchte – und ich bin sicher, das galt auch für die Leute, die Waffen und Kulissen entwarfen –, war, daß die Geschichte für Frodo und Sam wirklich wie eine Reise zurück in die Zeit ist. Schauen Sie sich das Auenland an, besonders Beutelsend, und es sieht fast genauso aus wie ein englisches Bauernhaus des späten 18. Jahrhunderts, einschließlich Möbel, Hausjacken, Pfeifen, Teekannen, Kessel, Glas- und Metallgeschirr, Keramikgerät, alles ist ähnlich. Gewiß reflektieren Alans Entwürfe den Jugendstil und haben irische und keltische Einflüsse. Wenn man sie betrachtet, denkt man an England vor vielleicht 150 Jahren. Die Dinge sind ziemlich leicht zuzuordnen. Und als sie ihre Reise beginnen, ist jeder Schritt, den sie machen, jeder Ort, an den sie kommen, lediglich ein Schritt weiter zurück in die Zeit. Aragorn entstammt ebenso wie Boromir der Zeit von König Artus und damit dem 12. Jahrhundert. Dann treffen sie die Orks, Kreaturen aus dem frühen Mittelalter, dem Bronze- und Eisenzeitalter. Die Zeit der Zwerge liegt noch weiter zurück, und dann kommt man nach Mordor, in eine Urzeit mit Höhlenmenschen. Schließlich geht man noch weiter zurück, zum Schicksalsberg, wo der Ring gefertigt und geschmiedet wurde, und man ist fast am Beginn der Schöpfung. Für einen künstlerischen Berater ein schlüssiges Konzept, das ihm zur Orientierung dient. Dieses Konzept einer Zeitreise ist nicht von mir, aber ich war dabei, als Richard Taylor und die Weta-Leute darüber diskutierten. Aber wer weiß, vielleicht hatte Tolkien genau dieses Konzept die ganze Zeit im Kopf."

Um herauszufinden, wie die Arbeiten aller Künstler zusammengeführt wurden, bat ich den neuseeländischen Produktionsdesigner Grant Major, mir zu erläutern, wie diese ganzen Vorarbeit das beeinflussen, was schließlich auf der Leinwand zu sehen ist.

„Alans und Johns Kunst beeinflußte alles, das muß ich sagen. Sie gaben die entscheidenden Impulse, denn beide hatten ihre weit zurückreichenden Erfahrungen als Buchillustratoren. Es ist ein englisches Buch, auch wenn die Geschichte eher euro-zentrisch ist, und sie gaben ihre europäische Sensibilität dazu, die wir hier nur aus Büchern kennen. Besonders Alan und ich hatten ein sehr verträgliches Arbeitsver-

Ideen für Titel-Sequenzen
Jeremy Bennett
Das Storyboard für diese Idee stammt eigentlich von Alan Lee und wurde dann von Jeremy entwickelt und farbig gestaltet. Die Sequenz beginnt mit den goldenen Blättern, die den Beginn der Geschichte symbolisieren, werden dann zu dunkleren, roteren Blättern, dann zu Lava, um die Verwandlung der Geschichte anzudeuten, während sie sich nach Mordor bewegt. Als sich die Lava in geschmolzenes Gold verwandelte, gab es verschiedene Möglichkeiten. Bei dieser Lösung hier zerläuft das Gold in die Runenschrift, die auf dem Ring erscheint.

hältnis, und das gab dem Film wirklich sein Gesicht.

Die Geschichte wird düsterer und düsterer und größer und größer, während die Gefährten sich immer weiter von ihrer Heimat entfernen, und so gleicht sie fast einem road-movie, mit Helden, die neue Dinge erleben, an einen anderen Ort reisen und neue Erfahrungen machen. Das war eines der wichtigsten Elemente des Films, daß sie dauernd unterwegs waren in neue Länder, die wir authentisch aussehen lassen mußten. Vom Budget her mußten einige Drehorte, Kostüme und Landschaften mehrfach verwendet werden, wenngleich nicht allzu häufig, aber im Film mußte es dauernd Veränderungen geben. Jede Gesellschaft und jede Kultur hat ihr eigenes Erscheinungsbild, und wir verwandten viel Arbeit darauf, dieses Bild durch Bauten, Kostüme, Rüstungen und Kulissen zu verdeutlichen. Jede Gesellschaft mußte in sich selbst homogen sein, doch verschieden von der vorangegangenen.

Tolkiens Buch umspannt viele historische Epochen und Kulturen – oft reichen sie weit zurück –, die man zurückverfolgen kann. Das mußten wir also alles erforschen, zum Beispiel, wie sie die Schrift an Bauten und in Wappen eingraviert haben. Andere Bücher Tolkiens haben uns wirklich sehr dabei geholfen, den Kulturen Substanz zu verleihen. Ich hatte den *Herrn der Ringe* und den *Hobbit* gelesen, doch dann las ich noch *Das Silmarillion* und *Die Verschollenen Geschichten*, außerdem Humphrey Carpenters vorzügliche Tolkien-Biografie, die sehr hilfreich war – am Ende dieser ganzen Lektüre hatte ich das Gefühl, Tolkiens Welt wie meine Westentasche zu kennen.

Wir haben digitale Techniken verwendet, um die Dimension der Welt auf der Leinwand zu vergrößern. Natürlich ist CGI ein nützliches Tool, aber es entwirft die Dinge nicht unbedingt. Die Technik kann für den Entwurf benutzt werden und sagt uns, wieviel wir bauen müssen – man kann Drehorte erweitern, und Szenen können viel größer angelegt werden. Die CG-Kreaturen sind natürlich nicht am Drehort, doch es könnte durchaus nötig werden, daß ein Double gebraucht wird. Nach Abschluß der Dreharbeiten kann man mit diesen Techniken kolorieren und umkolorieren, den ganzen Film durchgehen, die Rottöne oder Orangetöne verstärken, um die Stimmung zu steigern. Ich denke, dieses Projekt ist wegen seiner Größe und der behandelten Geschichte einzigartig. Ein Großteil dieser Arbeiten wurde nach Beendigung des Films gemacht, so daß ich von den Ergebnissen erst nach der endgültigen Fertigstellung etwas sah."

Als ich schließlich die Weta Workshops besuchte, erkannte ich, daß hinter dem Entwurf mehr steckte als bloß Zeichnen und Malen – es gab Regale, die mit Modellen für die Kreaturen vollgestellt waren. Ich fragte Richard Taylor nach deren Bedeutung:

„Unser Arbeitsprozeß begann im Grunde mit Diskussionen über das Thema, gefolgt von Nachforschungen, dann folgten Skizzen, farbige Illustrationen, von denen wir eine Unmenge machten. Da ich darüber hinaus ein sehr großer Liebhaber dreidimensionaler Modelle bin, benutzten wir diese, um einer Idee Gestalt zu geben und dem Regisseur zu ermöglichen, sie räumlich zu sehen und in die Hand zu nehmen. Für einige Figuren und Gegenstände machten wir nur ein paar, für andere bis zu siebzig verschiedene Modelle, bis wir schließlich erreicht hatten, was allen vorschwebte. Wir versuchten uns in erster Linie an Tolkiens Text zu orientieren – Wetas oberster Grundsatz ist, immer wenn es keine Übereinstimmung gibt, auf die schriftliche Quelle zurückzugehen.

Unsere Hauptsorge bestand darin, daß alles, ob es Rüstungen oder Fahnen oder sonstiges Zubehör waren, aus natürlichen Ressourcen stammte. Wir versuchten innerhalb der Farbskala der Ockertöne und der natürlichen Farbstoffe der jeweiligen Landschaft zu bleiben. Das ging so weit, daß wir an jedem Drehort zuerst die Erde aufgruben. Die Erde mischten wir in riesigen Fässern mit Tapetenkleister, und alle Schauspieler und Kulissen wurden mit der spezifischen Ockerfarbe des Landes bemalt. Es wurde kritisiert, die Farbskala sei ein wenig zu gedämpft, aber es war eine bewußte Entscheidung, die Orks so aussehen zu lassen, als lebten sie in diesem Land und wären ein Teil der Umgebung, aus der sie erwachsen waren.

Ich bin fest davon überzeugt, und viele Leute hier teilen diese Meinung, daß die Gefährten und alle Kreaturen, denen sie begegnen, nur Randfiguren auf der Hauptbühne des Films sind, und diese ist Mittelerde, und daß der Film die Geschichte der Evolution Mittelerdes erzählt. Darum versuchten wir nach Möglichkeit, spüren zu lassen, daß die Figuren Bestandteile Mittelerdes waren. Das war uns sehr wichtig, und ich hoffe, wir haben unser Ziel erreicht."

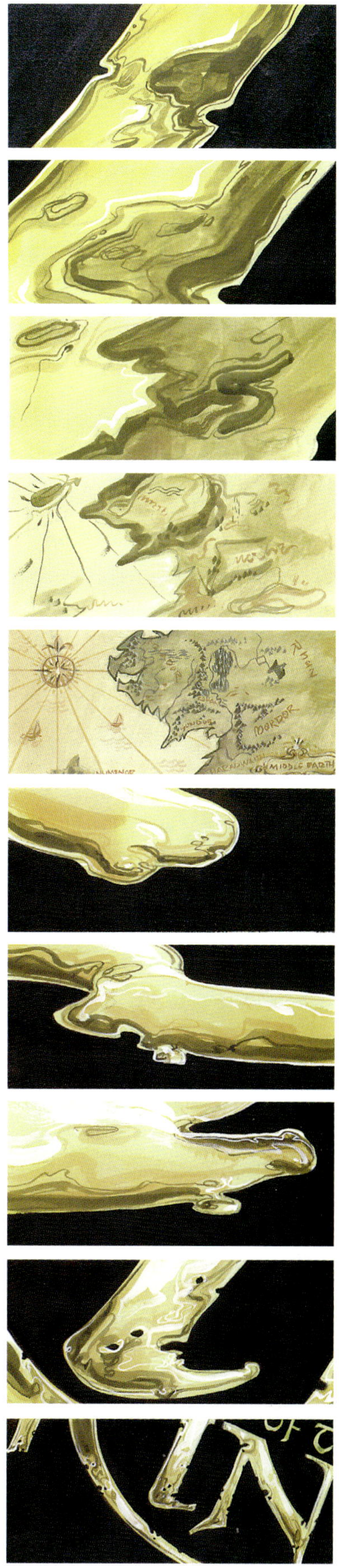

Ideen für Titel-Sequenzen
Jeremy Bennett
Zwei weitere Lösungen für die Idee der goldenen Lava: eine zeigt die Karte Mittelerdes, die andere wird, vor einem tiefschwarzen Untergrund, zum Titelschriftzug.

Schauplätze

Bruchtal
Alan Lee
„Dies ist ein früher Farbentwurf für Bruchtal. Einfach so für mich, um meine Ideen zusammenzufassen, und das Bild gefällt mir wirklich. Eine kleine, einfache Farbstudie. Alle Farben sind stimmig.“

HOBBINGEN
Beutelsend
John Howe

„Dieses Bild war als Logo gedacht. Ich glaube, es entstand ziemlich in der Mitte unseres Projekts – Peter wünschte sich einen Briefkopf mit Kalligrafie am unteren Rand. Darum erinnert der Schwarze Reiter ein wenig an eine Comicfigur. Er hat mit der Figur im Film natürlich nichts gemein. Das Bild soll bloß einen allgemeinen Eindruck von den zwei zentralen Motiven des Films vermitteln."

▶ **HOBBINGEN**
Hobbit-Höhlen
Alan Lee

„Ich machte Skizzen für ungefähr fünfundzwanzig verschiedene Hobbithöhlen, jeweils für bestimmte Standorte in jener Gegend, die wir für Hobbingen ausgesucht hatten. Abgesehen von ihren runden Fenstern und Türen – und der Tatsache, daß sie halb unter der Erde lagen – haben sie das Aussehen englischer Landhäuser unterschiedlicher Architekturperioden, um den Eindruck zu erwecken, die Landschaft sei tatsächlich seit mehreren Jahrhunderten besiedelt. Ich glaube, niemand wollte aufsehenerregende neue optische Konzepte für Hobbingen entwickeln. Wir wollten, daß die Leute, die den Film sehen, das Gefühl haben, die Gegend wiederzuerkennen, wirklich in Mittelerde zu sein."

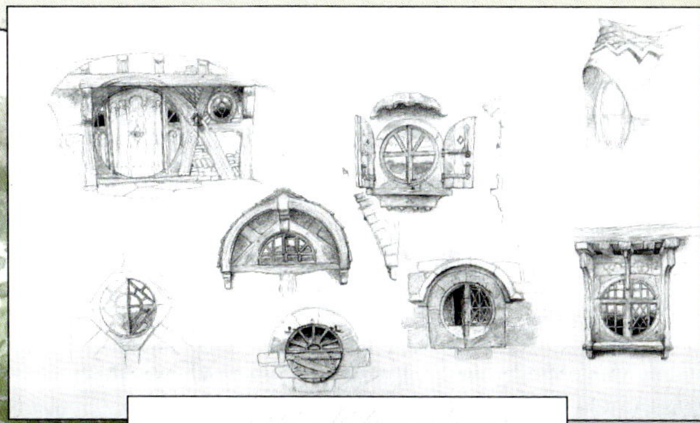

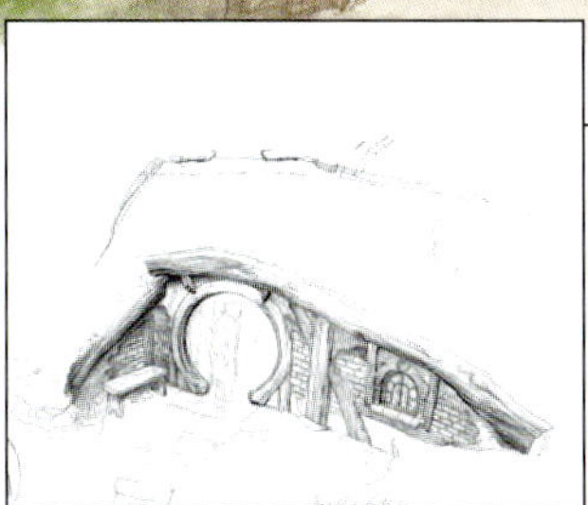

▲ **HOBBINGEN**

Beutelsend

John Howe

„Diese fünf Zeichnungen zeigen Beutelsend, ausgenommen die zweite, die den Eingang zum Grünen Drachen darstellt. Hier spiele ich mit verschiedenen Tür- und Fensterformen, um den Designern Anregungen zu geben."

HOBBINGEN
Beutelsend
John Howe
„Peter wollte sich eine Vorstellung von den Größenverhältnissen im Innenraum machen – einen Begriff vom Maßstab bekommen und wie groß ein Mensch im Vergleich zu einem Hobbit ist. Da ich keine Zeit hatte, ein ordentliches farbiges Bild zu machen, benutzte ich den Bleistift und kolorierte anschließend. Ich arbeitete wirklich rasend schnell – brauchte nur einen Tag. Trotzdem bin ich zufrieden mit dem Kesselhänger und der komplizierten Säule in der Ecke. Die Idee, innen Läden zu haben, ist eher kontinental als englisch. Ich stelle mir Beutelsend als aristokratisches Herrenhaus vor, darum ist es anspruchsvoller als die anderen Hobbit-Höhlen – und es erschien mir ziemlich logisch, daß es Elemente aufwies, die sonst in Hobbingen nicht heimisch sind."

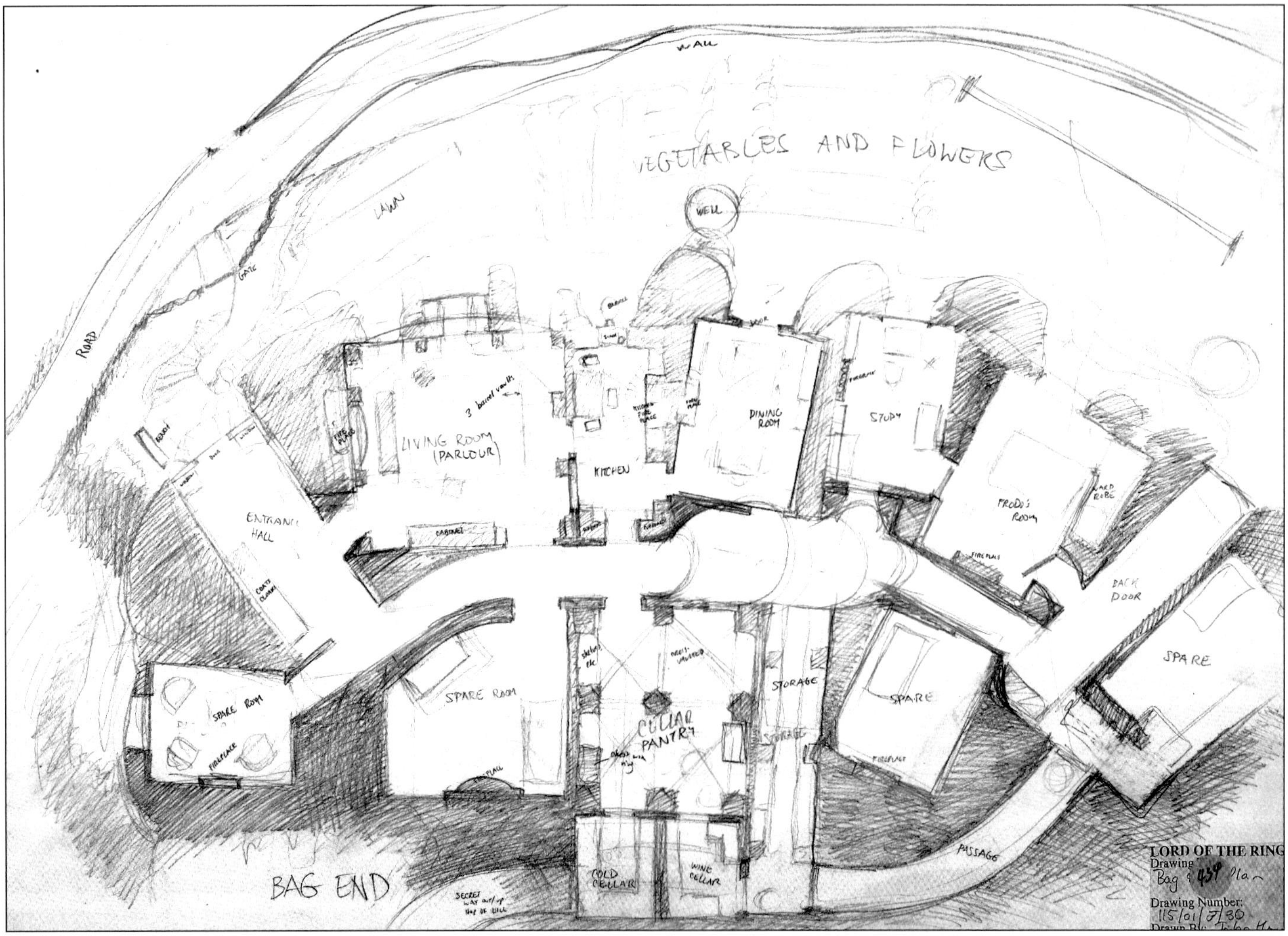

▲ HOBBINGEN
Beutelsend
John Howe
„Der Grundriß war eine reine Extravaganz meinerseits – völlig nutzlos! Aber ich wollte gern wissen, wo Bilbos Toilette war; Toiletten sieht man in Filmen nie, es sei denn, dort wird jemand ermordet, und ich dachte: ‚Wo könnte sie liegen, wie ist sie ausgestattet, und wie mag es im Keller aussehen, und wo ist der heimliche Fluchtweg, der geheime Gang, den man benutzt, wenn man nicht zur Vordertür hinauswill?' Es machte viel Spaß, den Grundriß zu entwerfen. Natürlich habe ich am Ende auf das Klo verzichtet. Das Problem waren die Installationen, weil man sich im Grunde fragen muß, wie kultiviert die Hobbits wirklich sind. Vielleicht sind sie einfach hinter den großen Baum gegangen!"

◀ **HOBBINGEN**

Beutelsend

John Howe

„Die Skizzen zeigen (gegen den Uhrzeigersinn) Bilbos Arbeitsraum. Ich wollte eine behagliche Ecke machen, mit einem Schreibtisch und allerlei Schätzen, die er heimgebracht hatte – über dem Kamin hängt ein Zwergenschild. Dann folgt die Eingangshalle – auf der vorhergehenden Seite kann man sie genauer sehen, mit den Baumwurzeln an der Rückseite. Darunter der Kamin im Wohnzimmer. Ich liebe riesige, altmodische Kachelöfen, zwei oder drei Meter hoch mit verzierten Kacheln, und ich stellte mir bei Bilbo eine Hobbit-Version davon vor. Unten auf der Seite ist Bilbos Weinkeller, darüber sein Schlafzimmer und schließlich das Eßzimmer, das zeigt, daß er als Gutsherr immer auf zahlreiche Gäste eingerichtet ist.“

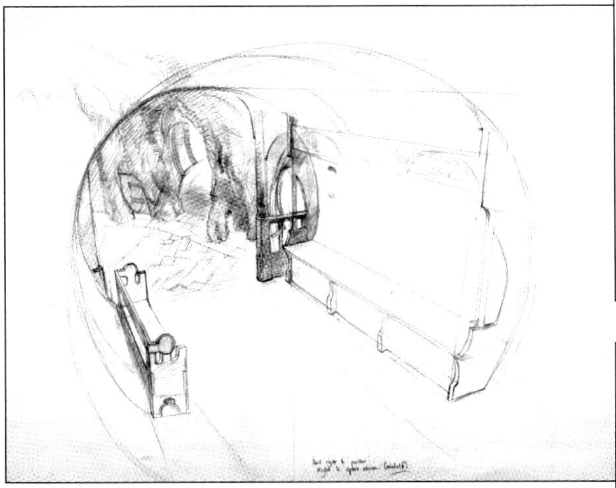

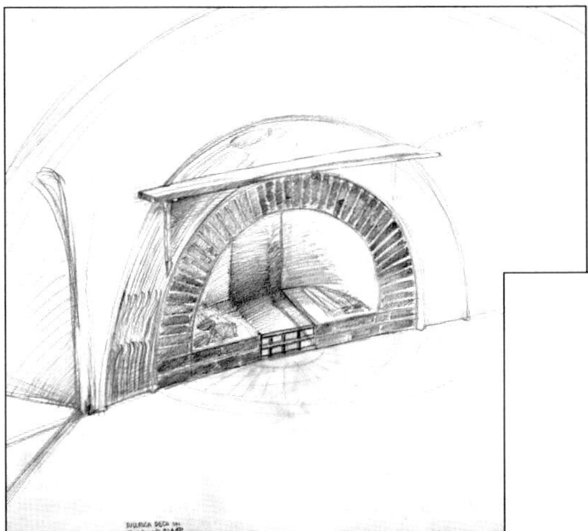

HOBBINGEN
Feuerwerk
John Howe
Die Zeichnung oben zeigt ein paar frühe Entwürfe für Gandalfs Feuerwerk, darunter auch Smaug, das mit spektakulärer Wirkung von Merry und Pippin vorzeitig ausgelöst wurde.

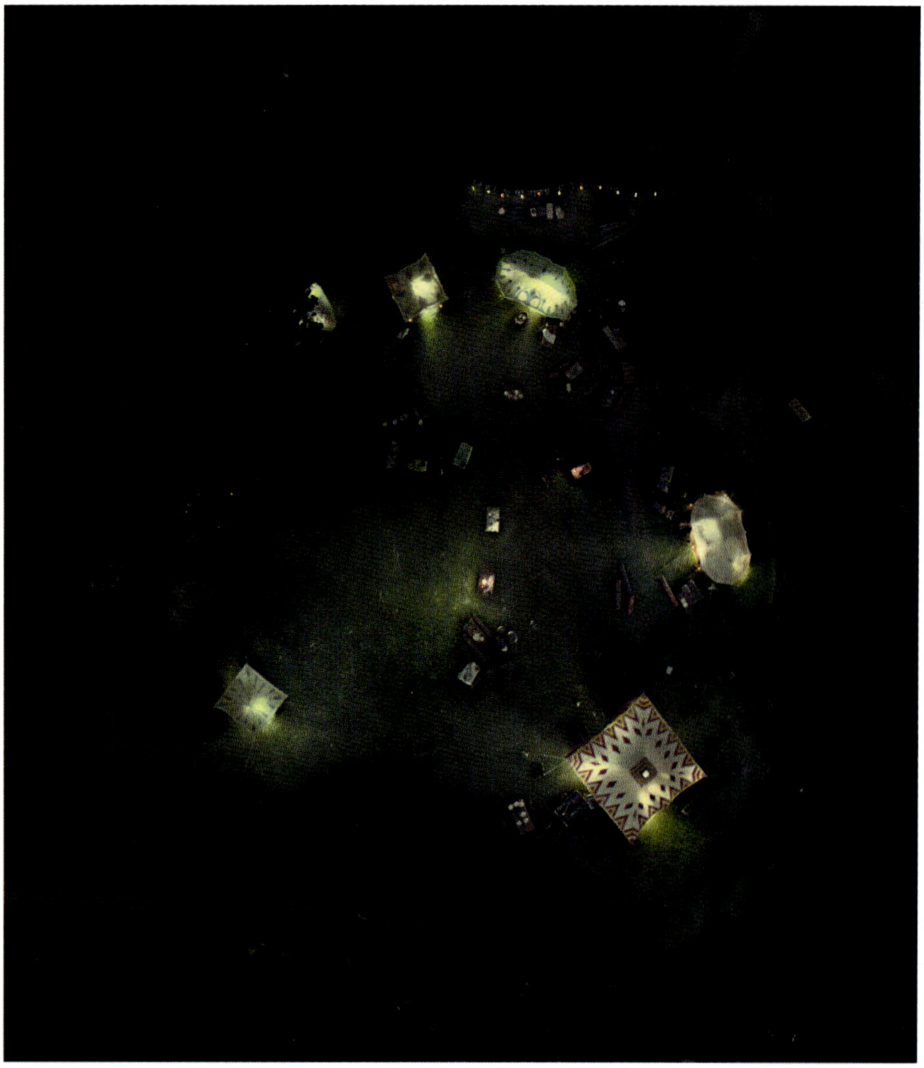

HOBBINGEN
Die Festwiese
Yanick Dusseault
Das Bild stellt den Fond dar für das Smaug-Feuerwerk, über dem es sich himmelwärts der Kamera entgegen ausbreitet.

HOBBINGEN
Feuerwerk
Gus Hunter
Für das Bild oben schuf Gus die Schmetterlinge zuerst im Computer und fügte sie dann in die Anfangssequenz des Films ein, die Feier von Bilbos Geburtstag.
Beim Feuerwerk gibt es auch eindrucksvolle Drachen, wiederum digital erzeugt. Gus bot drei verschiedene Versionen an, um zu zeigen, wie die Farben beim Abbrennen fluktuieren.

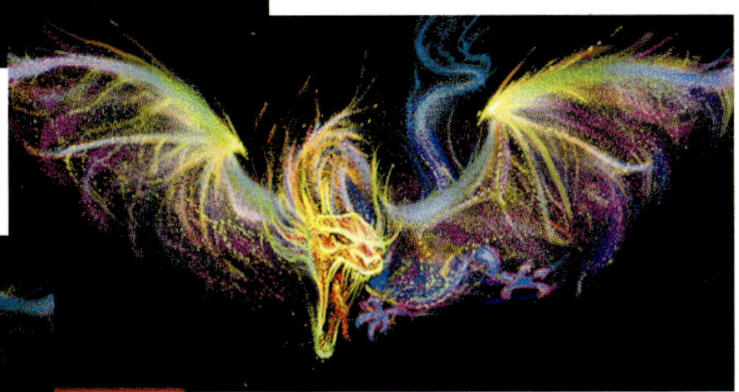

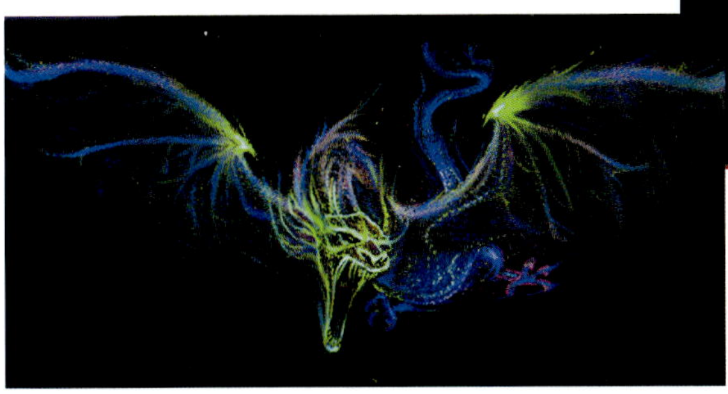

◀ **HOBBINGEN**
Feuerwerk
Gus Hunter
Diese Entwürfe zeigen Farbe, Art und Maßstab der Lichtspeere. Die Einstellungen demonstrieren auch die fließenden Bewegungen, mit denen die Raketen durch den Nachthimmel schießen.

▲ **HOBBINGEN**
Rauchringe
Gus Hunter
Diese beiden Aufnahmen kurz vor der Geburtstagsfeier zeigen, welche komplizierten Muster sich mittels CGI herstellen lassen. Das Schiff stammt aus einem Entwurf von Alan Lee, weil Peter Jackson ein Schiff für dramatischer hielt als die traditionellen Hobbit-Boote, die man sonst im Film sieht.

HOBBINGEN
Beutelsend und Bockenburgfähre
John Howe

„Im Uhrzeigersinn: der Baum oberhalb von Beutelsend. Ich glaube, ich habe ihn ganz in Gedanken hingezeichnet; es war einer dieser Momente, wo ich alle möglichen Sachen hingekritzelt habe, während ich an Bäume dachte, an eine Axt oder so. Dann kommt die Hütte des Fährmanns, die am Hügel genau über der Fähre lag, mit der die Hobbits den verfolgenden Ringgeistern entkommen.

◀ HOBBINGEN
Die Festwiese
Alan Lee

„Dies ist das Grundkonzept für die große Festwiese mit Zeltpfählen, an die man Fahnen und Blumengewinde hängen konnte. Während ich im Studio war, machte es Dan Hennah große Freude, sich als Art Director vor Ort davon zu überzeugen, daß alles richtig aussah. Er achtete darauf, daß alles zusammenpaßte."

▶ HOBBINGEN
Der Grüne Drache
John Howe

„Der Grüne Drache ist eine Hobbit-Kneipe. Ich habe nie ein echtes Landpub gesehen. In der Schweiz gibt es so etwas nicht. Der Grüne Drache sollte geräumig sein, eine umgebaute Hobbit-Höhle in einer Böschung, die zu einem Gasthaus, einem Treffpunkt geworden war. Es ist tatsächlich der einzige Ort, wo sich die Hobbits in großer Zahl versammeln. Davor sollte eigentlich ein Marktplatz liegen. Als die Zeichnungen gemacht wurden, hatten wir, glaube ich, den Schauplatz bereits ausgewählt, weil ich das Wasser vorn hinzugefügt habe. Im Film bleiben die Hobbits draußen – aber irgendwann spielte Peter Jackson mit der Idee, Szenen im Innenraum zu zeigen, so daß man durch die Fenster nach draußen sah. Also skizzierte ich diese Innenräume. Die andere Außenansicht zeigt die Stallungen neben der Tür. Darunter ist eine Auswahl bäuerlicher Gerätschaften zu sehen."

BREE
Marktplatz
Paul Lasaine
„Es ist die Adaption einer der frühesten Skizzen Alan Lees. Das Bild wurde gemalt, bevor gedreht wurde, und es ist ziemlich so wie im Film. Eigentlich ist das Bild ein bißchen heller, als mir lieb war, denn es sollten dicke Wolken darüber liegen und regnen. Der Regen wird digital hinzugefügt. Dieses Bild wurde hauptsächlich als grobe Vorlage für den Hintergrund, aber auch als Farborientierung für eine bestimmte Stimmung gemacht."

BREE
Zugangsstraße
Roger Kupelian und Mark Sullivan
Hier nahmen die beiden Künstler die vor Ort gedrehte Aufnahme (oben) und kopierten den Hintergrund ein (unten). Einige Veränderungen sind das neue Dach des Hauses im Vordergrund links und die Verkleinerung des Schuppens im Vordergrund rechts. Die Lastwagen und Generatoren der Film-Crew sind durch die Häuser und Gasthäuser Brees ersetzt.

BREE
Marktplatz
Alan Lee
„Das sind einige frühe Entwürfe für Bree. Ich versuchte die Architektur in den Griff zu bekommen, das baufällige, altehrwürdige, verwitterte Aussehen einzufangen. Das Bild oben kommt dem Endergebnis näher. Im Grund sieht Bree aus wie eine englische Stadt des Mittelalters: einige Gebäude wurden nach Fotos gezeichnet, die ich in Exeter von Gebäuden aus dem 15./16. Jahrhundert gemacht hatte, dieses hübsche Fachwerk und die schmalen Durchgänge. Exeter ist wirklich schön und eignete sich vorzüglich als Vorbild für Bree.“

BREE

Das Tänzelnde Pony

John Howe

„Diese Version des Tänzelnden Ponys war sehr pompös, doch am Ende fiel das Gebäude im Film viel bescheidener aus. Ich wollte es so großartig und riesig machen wie möglich, aber ich bin nicht ganz sicher, ob meine Vorstellung richtig ist. Rechts sind der Hof und die Ställe; ja, und ein kleines Flatterwesen, das sich eingeschmuggelt zu haben scheint.“

BREE
Das Tänzelnde Pony
Alan Lee
„Das Innere des Tänzelnden Ponys beruht auf einer Anzahl von Kneipen, die ich von zuhause kenne. Ich besuche sie nicht oft, aber ein ländliches Pub ist immer sehr behaglich, und Devon ist voll davon. Wir kamen überein, daß man das Tänzelnde Pony durch den Haupteingang betrat. Links ist die Theke und eine Art Empfang, wo die Gefährten sich erkundigen.“

▲ **WETTERSPITZE**

Totale

Gus Hunter

Ausgehend von einigen Entwurfsskizzen Jeremy Bennetts, die auf Aufnahmen vom Drehort beruhten, entwickelte Gus diese dramatische Ansicht, indem er verschiedene Hintergründe und Himmel-Elemente mit Photoshop einkopierte.

WETTERSPITZE
Die Architektur
Alan Lee
„Die Statuen auf der gegenüberliegenden Seite stammen aus dem Gebiet um die Wetterspitze – weil die Wetterspitze ein Ort der Palantíri ist, fand ich es nett, daß alle Statuen Steinkugeln tragen. Die beiden anderen Zeichnungen zeigen den Schauplatz bei Tag und bei Nacht."

WETTERSPITZE
Der Anmarsch
Max Dennison
Eine Aufnahme von Aragorn vorher (oben) und nachher (unten), der die Hobbits zur Wetterspitze führt, deren alte Ruinen wir hier im Film zum erstenmal sehen. Das Bauwerk auf der Hügelkuppe ist ein Hintergrundbild, das mit Digitaltechnik in die Spielfilmszene eingefügt wurde.

WETTERSPITZE
Der Anmarsch
Max Dennison

Das Bild oben ist ein Blick auf die Wetterspitze in der Dämmerung – eine Einstellung, in der Aragorn auf einen schmalen Felssims hinaustritt und sich gegen den Himmel abhebt. Da die ursprüngliche Szene bei Tageslicht gefilmt wurde, waren bei den Lichtverhältnissen größere Änderungen nötig. Diese wurden noch weiter verändert für die Ansicht der Wetterspitze bei Nacht (unten). Alles, was Aragorn sehen kann – das Feuer, das die Hobbits angezündet haben, den Nebel, den Himmel und natürlich die Ruinen – sind in Wirklichkeit Hintergrundbilder.

ISENGARD

◀ ISENGARD
Der Zugang
Alan Lee
„Das ist eine ziemlich unkomplizierte Zeichnung, die dazu diente, nicht nur das Aussehen der Mauern zu veranschaulichen, sondern auch einen Eindruck von ihrer Größe zu geben."

ISENGARD

Gandalfs Anritt

Paul Lasaine

„Das ist das erste Mal, daß Isengard im Film zu sehen ist. Das einzige Spielfilmelement ist hier im Grunde der reitende Gandalf. Nicht mehr. Alles andere ist eine Montage von sechs oder sieben verschiedenen Fotos – nichts von dem, was Sie sehen, war in Wirklichkeit da, ausgenommen Pferd und Reiter. Wir wußten, daß wir dieses spezielle Tal als Isengard-Tal brauchten, also fuhren wir auf die Südinsel und nahmen es auf. Der Fuß des Berges zur Linken war in der Nähe, gehörte aber nicht zum selben Tal. Die Berge im Hintergrund sind zwei oder drei andere Gebirgszüge, und dann gab es noch die Bäume rechts. Wir wollten, daß Gandalf den Hang hinunterritt und den Ring von Isengard erblickte, der hinter diesen Bäumen liegen würde. Also änderten wir die Perspektive der Einstellung vollkommen. Wir ließen es aussehen, als filmten wir von einem Hügel aus. Wie immer bei gelungenen visuellen Effekten wird niemand bemerken, daß kein Stück der Landschaft außer dem Boden, über den Gandalf reitet, wirklich da war. Jemand, der den Film sieht und sich denkt: ‚Nanu, ich weiß, daß es dort keinen Turm gibt, wie haben sie das bloß gemacht?', macht sich nicht klar, daß rein gar nichts da war. Das ist wirklich das Größte, wenn niemand ahnt, wieviel von der Szene künstlich ist. Wenn es den Schauplatz, den man braucht, nicht gibt, helfen Hintergrundbilder und Einkopieren. Ebenso bei der Einstellung mit dem unter dem Torbogen durchreitenden Gandalf – eine Mischung aus Hintergrundbild und Miniaturmodellen. Die Unebenheiten der Straße vor dem Torbogen sind ebenso falsch wie die Löcher in der Mauer – die Schatten, welche die Bäume werfen, sind nicht wirklich da. Aber wir hoffen, daß man in der fertigen Sequenz nicht mehr zwischen echt und unecht unterscheiden kann."

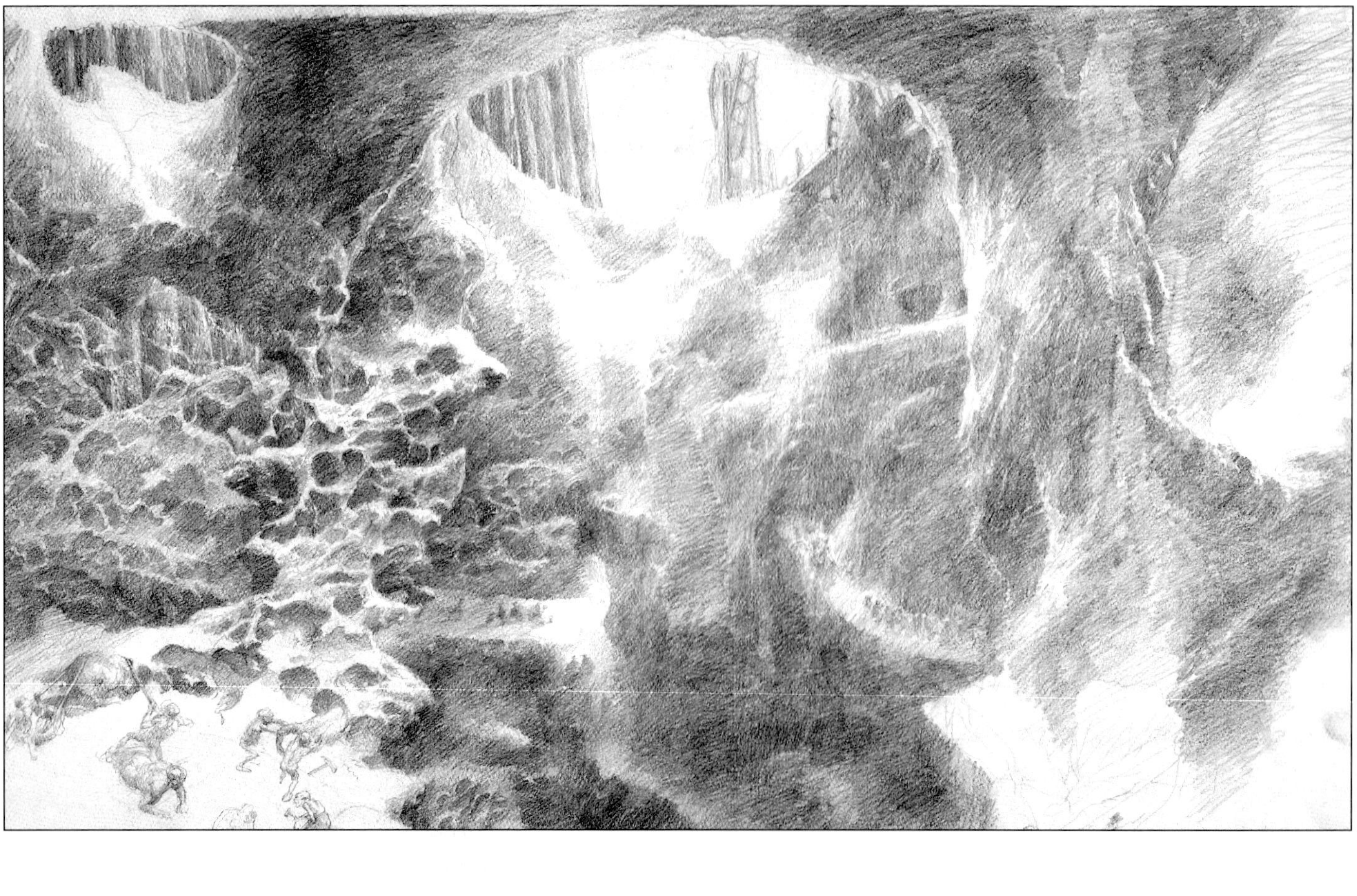

ISENGARD

Die Höhlen

Alan Lee

„Dies sind Zeichnungen der Höhlen von Isengard, wo Orks arbeiten, um ein Heer von Uruk-hai auszurüsten, die speziell geschaffen waren, Saruman zu dienen. Darauf wird im Roman nur kurz angespielt, aber Peter und Richard sahen hier die Möglichkeit für einige verblüffende und dramatische Effekte. John und ich machten Zeichnungen der Gruben und Maschinen, und ich fertigte ein Muster der Höhlen an, das als Ausgangspunkt für das Modell diente.

Die Größe und Komplexität des Modells nahm zu, als Peter sich darüber klar zu werden versuchte, was er damit anfangen wollte, und ich weiß immer noch nicht, wie Alex Funke diese atemberaubenden Einstellungen gedreht hat."

ISENGARD
Orthanc Innenraum
Alan Lee

„Dies ist bloß eine kahlwerdende, weltmüde Gestalt, die vermutlich ausdrückt, wie ich mich an dem Tag fühlte, als ich sie zeichnete. Ich dachte auch darüber nach, wer wohl all diese spiegelnden Flächen sauberhielt – wir jedenfalls hatten genug Mühe, die Fußspuren wieder wegzukriegen –, und so brachte ich einen Ork mit einem Putzlappen ins Bild.

Wir hatten das Modell für die Außenaufnahmen von Orthanc bereits fertig und wußten, daß das Innere einen ähnlichen Eindruck machen mußte, nur eigenständiger und raffinierter. Folglich wollten wir, daß der gesamte Innenraum nach einem einheitlichen ästhetischen Konzept gestaltet war. Die Idee, den Thronsaal bis zur vollen Höhe des Turms auszuweiten, ergab sich, als wir die Möglichkeit für den dramatischen Zweikampf zwischen Gandalf und Saruman erkannten.

In der Regel tritt eine kurze Pause ein – zwischen der Fertigstellung des Sets und der Ankunft der Film-Crew, die anfängt, Schienen zu verlegen und Stücke, die im Weg sind, zu demontieren –, in der alles fertig und friedlich ist. Darum nutze ich das oft aus und nehme den Raum ein – in eines seiner eigenen Bilder einzutreten, ist eine zu große Verlockung, um ihr zu widerstehen."

ISENGARD
Orthanc Innenraum
Alan Lee

„Diese beiden Zeichnungen kommen der endgültigen Szene des Sets ziemlich nahe. Etwa sieben Meter hoch wurde gebaut, der übrige Innenraum digital hergestellt. Die Zeichnung unten zeigt auch die Lampen, von Natalie Staniforth entworfen, einer begabten englischen Bildhauerin.

Auf der Zeichnung sind auch noch ein paar andere Dinge: ein Elb, ein paar Kritzeleien und Gandalfs Stab. Vielleicht hat mich gerade jemand daran erinnert, daß wir für Gandalf drei verschiedene Stäbe brauchten. Den ersten verliert er im Orthanc und den zweiten in Moria. Wir suchten nach Holz mit dem richtigen knorrigen Aussehen, doch dann machte ich eine Zeichnung, und Brigitte Wuest, eine weitere vorzügliche Bildhauerin, gestaltete ihn."

ISENGARD

Orthanc

Alan Lee

„Dies ist die Spitze des Orthanc, der Versuch, einen Eindruck von der Größenordnung zu geben und für die Sequenz, in der Gandalf und Saruman dort oben sind. Diese extremen Perspektiven habe ich gern gezeichnet. Normalerweise habe ich sowas kaum gemacht, aber jetzt, da ich angefangen habe, werden meine nächsten Arbeiten vielleicht davon profitieren. Nachdem ich mich an Peters Art zu denken und die Kamera einzusetzen, gewöhnt hatte – er ist ein sehr dynamischer Regisseur, er läßt die Kamera gern wirkliche Bewegungen machen –, mußte ich ebenso dynamisch zeichnen. Oft versuchte ich also, das, was er suchte, vorwegzunehmen."

ISENGARD ▲
Turm Orthanc
Paul Lasaine
„Dies nenne ich die ‚Nachtfalter-Einstellung', die auf Wunsch von Peter Jackson gemacht wurde. Ursprünglich sollte sie zum ersten Mal ein zerstörtes, verwüstetes Isengard zeigen. Bis dahin war es wunderschöner Waldpark. Wir folgen dem Nachtfalter in einem Kran über die Mauer, und vor uns liegt ein industriell genutztes riesiges Ödland. Es ist eine Farbstudie, die angefertigt wurde, bevor noch irgend etwas gedreht war. Uns interessierte die Entwicklung des Tales. Das Kamerateam hatte das Bild dabei, als es vor Ort drehte, und als es an die Erarbeitung der endgültigen Sequenz ging, sah sie genau so aus, wie sie Peter damals vorgeschwebt hatte, als wir von dieser Farbstudie ausgingen."

◀ **ISENGARD**
Gandalfs Rettung
Paul Lasaine
„Dieser frühe Farbentwurf sollte den Computerkünstlern eine Vorstellung davon geben, in welchen Größenverhältnissen Gandalf zu Gwaihir stand und wie sie im Mondlicht aussehen würden.

BENNETT

ISENGARD
Die Höhlen
Jeremy Bennett
Dieses Bild der Uruk-hai unter Isengard war das Ergebnis von etwa 50 Skizzen und Zusammenstellungen, die angefertigt wurden, um Vordergrund-, Hintergrund- und Mittelteil-Elemente der endgültigen Einstellung zu definieren. Da das Größenverhältnis von Uruk-hai und Höhle problematisch war, wurde dieses Bild benötigt, um die Perspektiven festzulegen. Die unfertige Bleistift-Version (links) wurde von Bildregisseur Alex Funke für die Miniaturbauten benutzt. Er klebte Jeremys Skizze direkt auf den Monitor und arrangierte seine Einstellung entsprechend der Bleistiftskizze, was dem Künstler sehr willkommen ist – daß ein Kunstwerk so direkt verwendet wird, kommt selten vor.

BRUCHTAL

▲ BRUCHTAL
Die Bruinenfurt
Gus Hunter
Die beiden Bilder, von Gus mit Photoshop angefertigt, gaben den ersten Eindruck davon, wie diese spektakuläre Szene im Film zu sehen sein würde. Man sieht die Pferde im Wasser – von Arwen beschworen – im Verhältnis zu ihrer Umgebung, zu den Ringgeistern und ihren Pferden vor dem Aufwallen der Flut, die sie wegspült. Arwen auf Asfaloth ist auf dem obersten Bild zu sehen.

BRUCHTAL

Farbschemata

Jeremy Bennett

Nachdem Alan Lee und Paul Lasaine ihre grundlegenden Bild-Konzepte für Bruchtal und seine Umgebung gemacht hatten, wurde das Modell von Weta gebaut. Dann malte Jeremy diese Farbschemata, bevor das Aufnahmeteam sich ans Drehen machte, um zu veranschaulichen, wie der Miniaturbau im fertigen Film am besten aussehen würde, wenn verschiedene natürliche und digital verstärkte Lichtquellen vorhanden sind.

BRUCHTAL
Balkon-Sequenz
Jeremy Bennett

„Dies sind zwei Versionen derselben Einstellung. Die obere kam zuerst, die untere, mehr nach Peter Jacksons Geschmack, war die Übernahme eines Gemäldes von Alan Lee, das, glaube ich, seinen Illustrationen zum ‚Herrn der Ringe' entstammt. Ich habe lediglich die Farben ein wenig ‚romantischer' gemacht. Er bevorzugte gelbe und grüne Töne, und mir war mehr an einem eher schlichten Aussehen gelegen. Also erarbeiteten wir ein anderes Konzept, eine andere Bildeinstellung. Es gibt zahlreiche kleine Einflüsse – die ganze Palette der Prager Architektur, eine Menge Art Nouveau, allerlei Italienisches und anderes, vermischt mit keltischen Motiven. Alan brachte das alles hinein."

BRUCHTAL ▶
Balkon-Sequenz
Paul Lasaine

„Dies ist eine Photoshop-Montage der fertigen Sequenz – sie benutzt die Einstellung mit Elijah aus dem Film, ein Miniaturmodell in der Mitte und Hintergrundbilder. Die Bäume und Dinge auf den Klippen stammen aus verschiedenen Quellen."

BENNETT

BRUCHTAL
Farbschemata
Jeremy Bennett
Nachdem die Farbstudien fertig waren (siehe vorhergehende Doppelseite), begann Jeremy das Tal von Bruchtal zu entwerfen. Obgleich eine Vielzahl von Möglichkeiten durchgespielt wurde, gefiel die oben abgebildete Peter Jackson am besten, und sie wurde zum Orientierungspunkt für die übrigen Bruchtal-Sequenzen.

BRUCHTAL
Der Aufbruch der Gefährten
Gus Hunter
Zwei Montagen, die, zusammengefügt, das fertige Bild ergeben (die gemalten Figuren werden später durch die Schauspieler ersetzt). Sie verwenden Miniaturen für den Vordergrund, für den Hintergrund (Wasserfälle, Berghänge) digitales Material. Das Sonnenlicht, das auf einen strahlenden Morgen hinweisen soll, kommt gleichermaßen aus dem Computer.

BRUCHTAL
Lebende Standbilder
Alan Lee
„Dies waren Ideen für die lebenden Standbilder, die Bruchtal umgeben, geschnitzt aus sprießenden Bäumen.
Und unter ihnen reitet ein Elb, um das Größenverhältnis zu verdeutlichen. Mit dem lebenden Torbogen ist es ebenso, doch am Ende führten wir den Entwurf nicht aus. Er ist nur einer von vielen Entwürfen, die wir nicht verwirklichten, weil dafür keine Zeit war oder vielleicht keine Notwendigkeit bestand. Aber mir gefielen die Skizzen, die eine Vorstellung vom friedlichen Einklang Bruchtals mit der Natur gaben.“

BRUCHTAL

Einige Entwurfsskizzen

Alan Lee

„Die oberste Zeichnung wurde speziell für die Modellmacher angefertigt, um das Fundament Bruchtals zu zeigen, damit sie den Felssockel und die Gebäude herstellen konnten, die darauf stehen sollten. Diese ließ ich weg, weil sie einfach im Weg gewesen wären und die Weta-Leute keine echte Vorstellung vom Aussehen des Fundaments bekommen hätten. Das Bild darunter ist nur eine Idee für die Gebäude von Bruchtal, diesmal unter Verwendung eines Turms, und er ist dem Gebäude nicht ganz unähnlich, das wir schließlich bauten. Es könnte eine Kreuzung zwischen einem japanischen Tempel und Frank Lloyd Wright sein. Die Idee eines sich zwischen die Bäume schmiegenden Gebäudes, in Übereinstimmung mit der Natur, sprach mich mächtig an, denn all diese Bäume waren organisch mit der felsigen Umgebung verwachsen. Unten ist eine Zeichnung von Elronds Gemach zu sehen. Es handelt sich nicht um den endgültigen Entwurf, vielmehr um einen sehr frühen. Er zeigt den Kampf zwischen Isildur und Sauron. Da er sich so im Film nicht abspielt, konnte ich es, als ich die wirklichen Kulisse für Peters Dreh malte, mit Leichtigkeit verändern."

BRUCHTAL
Verschiedene Skizzen
Alan Lee
„Das Bild oben zeigt die Bibliothek, eine sehr frühe Idee. Am Ende übernahmen wir eine Anzahl von Elementen aus dieser Zeichnung für den Raum, der schließlich Elronds Gemach wurde. Die Bibliothek dürfte einer der ersten Schauplätze gewesen sein, die wir zeichneten, und sie gab uns die Idee für alle übrigen. Man sieht, daß die Bäume von außen in den Raum wachsen und ihm seine Atmosphäre verleihen. Auf dem rechten Bild sieht man die Bibliothek von außen, während unten Elronds Gemach zu sehen ist, bevor Elemente der Bibliothek übernommen wurden."

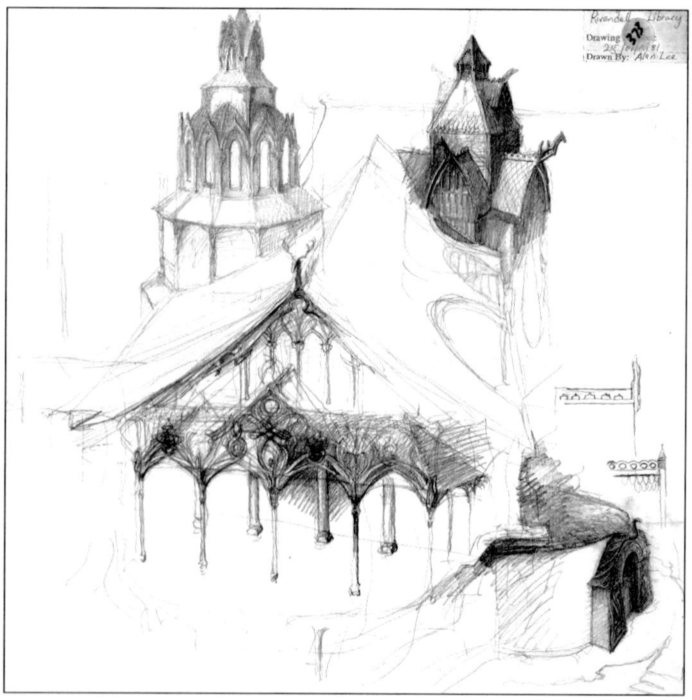

BRUCHTAL

Verschiedene Skizzen

Alan Lee

„Oben ein Entwurf für die Architektur von Bruchtal, die zeigt, daß die in den Gebäuden ausgesparten Räume den Bäumen – wie in der Bibliothek – Bewegungsmöglichkeiten bieten, so daß man den Eindruck gewinnt, das Haus sei um die Natur und nicht in sie hinein gebaut. Anstatt Bilder in ihre Schlafräume zu hängen, hatten sie Fenster, die der wirklichen Natur einzutreten erlaubten. Es handelt sich um eine draußen/drinnen-Idee, die für mich wiederum den idealen Ort widerspiegelt, an dem ich leben möchte. Das Bild rechts ist ein flüchtiger Entwurf für den Pavillon in Bruchtal, der am Drehort errichtet werden sollte und darum mühelos zu bewegen und leicht sein mußte. Unten eine andere Zeichnung der Bibliothek von außen gesehen, die aus einer anderen Perspektive zeigt, wie die Bäume in und um das Gebäude wachsen.“

BRUCHTAL

Komposition des Schauplatzes

Paul Lasaine, Gus Hunter und Wayne Haag

„Es gibt eine Menge Bestandteile. Sehen Sie, ich sollte mich unter anderem um die Szenerie kümmern. Wir haben also einen glänzenden neuseeländischen Fotografen angeheuert, Craig Gotton, der unser Aufnahmeleiter für die Landschaften wurde, jedoch Standfotos machte. Er filmte auch, aber in erster Linie machten wir Fotos, Fotos von diesen großen Panoramen, die man dann in den Computer einscannen und als digitale Hintergründe für alles mögliche verwenden kann. Diese benutzten wir anstelle der altmodischen matte paintings oder der wirklich auf Glas gemalten Hintergründe.

Gus gab diese Fotos direkt in den Computer ein. Auf der Nord- wie der Südinsel machten wir viele tausend Aufnahmen. Bei dieser hier von Bruchtal suchten wir einen Ort auf, dessen Klippen wir vielleicht brauchen konnten, und machten Aufnahmen aus allen möglichen Winkeln, ein ganzes Panorama, 360 Grad – viele Aufnahmen machten wir vom Hubschrauber aus, weil die meisten Bilder Luftaufnahmen sein mußten. Daheim fügten wir sie alle zusammen und bekamen Bilder mit sehr hoher Auflösung, die wir heranzoomen und mehrfach für Szenen verwenden konnten. Für Bruchtal benutzten wir eine Vielzahl solcher kombinierter Elemente, und wenn etwas fehlte, nahmen wir ein Foto aus einem Buch oder ein Bild, das wir anderswo gescannt hatten. In Bruchtal gibt es zum Beispiel diesen Fluß; er stammt aus dem Norden der Südinsel, die Berge aus einer ganz anderen Gegend. Vom ursprünglichen Berg, den wir aufnahmen, ist wenig geblieben, nur der grobe Umriß. Dann fügten wir das Bruchtal-Modell hinzu, eine Menge Gemälde und noch mehr Fotos aus ganz Neuseeland. Die Wasserfälle sind allesamt wirkliche Wasserfälle aus Neuseeland oder von anderswo, die wir digital bearbeiteten. Sie bestehen aus Elementen von Hunderten von Wasserfällen. Denen fügten wir noch einen Nebel-Effekt hinzu."

„Gus machte von der Szene oben eine andere Version. Sie zeigt im Grunde den Augenblick, da die Hobbits Bruchtal betreten, am späten Nachmittag, wenn das Licht ist wie auf dem Bild. Doch wenn sie Bruchtal verlassen, geschieht dies zu einer anderen Tageszeit, so daß Gus das Licht von der anderen Seite kommen ließ – so wurde daraus eine Morgenaufnahme. Eigentlich ist es ein Gemälde, aber ein digitalisiertes. Bei Photoshop hat man Funktionen wie Farb-Kontrolle, so daß man Farben und Licht nach Belieben ändern kann."

◀ **BRUCHTAL**

Farbschema

Paul Lasaine

Bevor er mit der Arbeit am Computer begann, malte Paul für Peter dieses Farbschema, um ihm einen Eindruck davon zu vermitteln, wie das Licht auf die Zuflucht der Elben fallen würde, die an den steilen Hängen eines Tales lag. Paul ging von einem Gemälde Alan Lees aus, das in der illustrierten Ausgabe des Herrn der Ringe erschien.

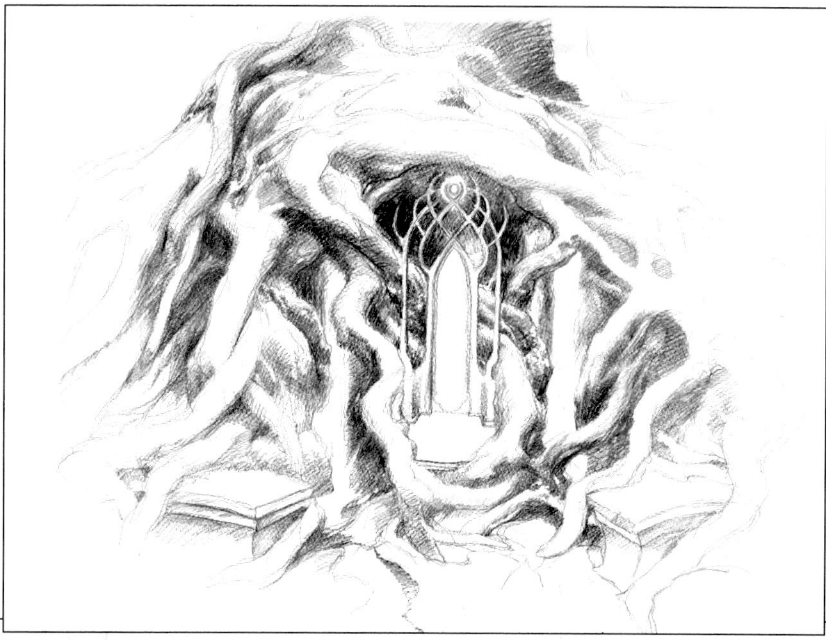

BRUCHTAL

Skizzen für Elronds Gemach

Alan Lee

„Dies war eine Idee für Elronds Thron, bei der die Baumwurzeln einbezogen sind, so daß er grob und erdhaft wirkt. Der Thron scheint eher inmitten des Baums zu lagern als daraus geschnitzt zu sein, und mir gefällt dieses Bild, aber das Endprodukt war weniger raffiniert, weniger kompliziert wahrscheinlich. Darunter ist ein früher Rohentwurf für den Ratssaal zu sehen, dessen Aussehen sich erheblich veränderte, nachdem wir den Schauplatz genauer überlegt hatten. In dieser Phase entwarfen wir für den Ratssaal ein eigenes Gebäude, doch schließlich kamen wir zu der Einsicht, es wäre zu teuer, Elronds Gemach und den Ratssaal zu bauen. Also kombinierten wir Elemente aller unserer Ideen, jene für die Bibliothek eingeschlossen. Die Statue unten links wollten wir haben, um ein schönes symbolisches Bild zu schaffen und die Bedeutung Narsils zu veranschaulichen. Daneben eine Skizze von Galadriel, die sich verwandelt. Die Statuen rechts daneben sind weitere Entwürfe.“

BRUCHTAL
Elronds Gemach
Alan Lee

„Die Zeichnungen oben und unten sind rohe Entwürfe für Elronds Gemach, um den Stukkateuren und Zimmerleuten einige sehr spezielle und detaillierte Anhaltspunkte für ihre Arbeit zu liefern. Rechts ist noch einmal der Ratssaal mit einem Vogelmotiv zu sehen. Es gibt sie in Bruchtal in solcher Vielzahl, daß ich sie oft als Motive einfügte – besonders gern Schwäne und einige Vögel aus meinen Tolkien-Illustrationen, denn Vögel schienen mir zur Elben-Symbolik zu passen.“

BRUCHTAL
Verschiedene Skizzen
Alan Lee

„Da ist wiederum die Statue, die einen Schild hält und traurig auf das zerbrochene Schwert Narsil blickt. Dieses ist verborgen, ruht in der Höhle eines Baums und deutet abermals die Mischung zweier Elemente, Stein und Holz, an.“

Das Nebelgebirge

▲ DAS NEBELGEBIRGE
Der Caradhras-Paß
Yanick Dusseault
Dieses Digitalbild wurde als Set-Erweiterung benutzt, um zu zeigen, wie sich der Sturm auf die Gefährten zubewegt.

DAS NEBELGEBIRGE
Der Caradhras-Paß
Paul Lasaine
Dies ist ein Farbmuster von vielen, die Paul für Peter anfertigte, eine Darstellung, in der so gut eingefangen ist, wie eine Szene aussehen sollte, daß sie die Vorlage für die Filmszene wurde (siehe unten).

DAS NEBELGEBIRGE ▶
Der Caradhras-Paß
Gus Hunter
Dieses Digitalbild zeigt den Augenblick, als die Gefährten nach dem Verlassen Bruchtals von einem wütenden Sturm heimgesucht werden, beschworen von Saruman, der sie zwingt, Moria zu betreten. Gus kombinierte Modelle und gemalte Elemente – im Vordergrund sieht man Modelle, während die Berge in der Ferne Hintergrundgemälde sind.

Moria

MORIA
Westtor
Paul Lasaine
Diese Farbstudie zeigt, wie der Eingang nach Moria im Mondlicht aussehen würde. Die vielen Greifarme des Wächters ragen im Vordergrund auf. Die winzigen Gestalten der Gefährten sind zu sehen, um einen Eindruck von den Größenverhältnissen zu geben.

MORIA
Bleistiftskizzen der Außenansicht
Alan Lee
„Das Bild unten wurde benutzt, um ein Modell der Außenansicht von Moria herzustellen. Es gibt im Film eine Einstellung, die mit dieser Skizze fast identisch ist. Es ist immer zufriedenstellend zu wissen, daß man etwas auf Anhieb gut gemacht hat."

MORIA
Der See
Paul Lasaine
Ausgehend von zwei Kameraschwenks über See und Umgebung hat Paul den gesamten Hintergrund für diese Kameraeinstellung, Berge, Klippen usw., hergestellt. Um alles zusammenzuführen, hat er die Einstellung farblich abgestuft, um ein einheitliches Bild zu gewinnen.

MORIA
Bergwerke
Alan Lee
„Eine meiner Lieblingszeichnungen vom Inneren. Sie wurde als Modell angefertigt und für die Einstellungen benutzt, in denen sich die Gefährten der Treppe zum Grabmal nähern."

MORIA

Unterwegs zu Balins Grabkammer

Alan Lee

„Dies sind Skizzen von verschiedenen Teilen der Minen von Moria. Oben sind die Gefährten unterwegs zu Balins Grabkammer, kurz nachdem sie tatsächlich zu den Minen gelangen. Das untere Bild erfaßt einen Augenblick kurz danach und zeigt die drei Gabelungen, zwischen denen sich Gandalf entscheiden muß, bevor er sie in die Grabkammer führt."

MORIA

Zwergenbinge

Alan Lee

„Das obere Bild zeigt das Gemach von Zwergenbinge, im wesentlichen eine vom Computer erzeugte Szenerie. Die untersten Teile der Säulen wurden für die Nahaufnahmen der Gefährten und der sie verfolgenden Orks gebaut. Die andere Zeichnung ist ein Entwurf für die Eingangshalle Morias, in der die Gefährten zahlreiche Leichen entdecken."

MORIA
Zwergenbinge
Jeremy Bennett
Diese drei Bleistiftzeichnungen machte Jeremy, um Peter zeigen, wie die bereits mit den Schauspielern gedrehten Sequenzen in den bis dahin noch nicht entworfenen Eingang- bzw. Ausgang von Zwergenbinge integriert werden konnten. Jeremy stützte seine Zeichnung auf den von Alan Lee bereits fertiggestellten allgemeinen Entwurf mit den Säulen wie auch den Fußböden und Türschwellen, die man am Drehort benutzt hatte.

MORIA

Zwergenbinge

Jeremy Bennett

Da das Innere von Zwergenbinge fast vollständig am Computer entstanden ist, machte Jeremy als Storyboard für die Sequenz diese acht Illustrationen, um zu demonstrieren, wie das Licht funktionieren würde, wenn die Gefährten von Balins Grabkammer und aus Zwergenbinge flohen.

MORIA
Zwergenbinge
Jeremy Bennett
Dieses große Gemälde, eine vollständig ausgeführte Extrapolation der kleineren Bilder auf der vorhergehenden Seite, zeigt die durch Zwergenbinge fliehenden Gefährten, nicht nur von Gandalfs Stab, sondern auch vom feuerroten Glühen des verfolgenden Balrogs erleuchtet.

BENNET

MORIA

Khazad-dhûm

Alan Lee

„Diese beiden Zeichnungen zeigen jenen Teil von Moria, der zwischen der Halle von Zwergenbinge und der Brücke liegt, bei der Gandalf auf das Balrog stößt. Bei Tolkien gewinnt man den Eindruck, daß sie durch Tunnel hinuntersteigen, aber hier bot sich die Gelegenheit, mehr von der zerstörten Zwergenstadt und der gähnenden Tiefe unter ihr zu zeigen. Es wurde ein Modell in kleinem Maßstab angefertigt, und Grant entwarf die Requisiten, die zusammen mit dem Modell beim Drehen benutzt wurden.

Dies ist ein Beispiel, daß Peter ein erstes Bild so zusagte (links), daß alle folgenden Zeichnungen bloß detailliertere Vorlagen für die Modellmacher darstellten.“

MORIA

Khazad-dûm

Paul Lasaine und Gus Hunter

Ausgehend von einem Bild der Miniaturbrücke bearbeitete Paul das Hintergrundgemälde der Umgebung des Abgrundes, um zu zeigen, was man eventuell mit dem Hintergrund machen konnte. Diese beiden Versionen spielen mögliche Lichteffekte durch.

Für die Einstellung unten verwendete Gus abermals das Modell, um Peter die Lichtverhältnisse in den Höhlen selbst zu demonstrieren, ausgehend von Pauls Gemälde (oben).

▲ **MORIA**
Khazad-dûm
Gus Hunter
Gus fertigte zwei Digitalbilder an, um zu demonstrieren, was man unten während des Kampfes zwischen Gandalf und dem Balrog sehen würde und wohin die beiden Kämpfer nachher fielen. Das obere Bild zeigt die aus den Wänden am Abgrund austretende Lava und die Flammen, während das untere die Feuergrube zeigt.

▶ **MORIA**
Khazad-dûm
Gus Hunter
Gus nahm Alan Lees konzeptionelle Zeichnungen als Ausgangspunkt, um diese Hintergrundgemälde zu schaffen, wobei er das Modell der Treppe benutzte, die bei Weta angefertigt worden war. Das obere Bild sollte zeigen, wieviel Flamme und Lava in der Höhle sichtbar waren, und ein Gefühl von Tiefe vermitteln, obwohl es wichtig war, die Bodenlosigkeit der Höhle anzudeuten. Die Säulen der Treppe reichen in der Tat weiter hinunter als auf dem ursprünglichen Bild, und der Boden zeigt weniger Lava als Flammen, Felsen und Qualm, um anzudeuten, daß er irgendwo weit unterhalb der Brücke liegt. Die untere Einstellung bietet eine Alternative zur ersten, jedoch mit stärkeren Flammeneffekten, um die Atmosphäre zu verdichten.

LOTHLÓRIEN

▲ **LOTHLÓRIEN**
Das Tal
Roger Kupelian
Nachdem er gerade ein paar Orks entkommen ist, blickt Aragorn ins Tal von Lothlórien hinaus. Das obere Bild zeigt, was am Drehort aufgenommen wurde, das untere ist eine vorläufige Kombination aller endgültigen Elemente.

▶ **LOTHLÓRIEN**
Caras Galadhon
Wayne Haag
Eine Kombination verschiedener Filmeinstellungen, Modelle und Hintergrundgemälde, welche die Gefährten hoch in den Baumhäusern der Elben zeigt.

LOTHLÓRIEN
Die Lichtung
Max Dennison
Für eine Sequenz, die letzten Endes aus dem Film geschnitten wurde, zeigen diese Einstellungen (vor und nach digitaler Verstärkung) die Gefährten im Mallornwald, wo sie Galadriel zum erstenmal begegnen. Man beachte das Scheinwerferlicht, das Max als Sonnenstrahl einsetzte.

LOTHLÓRIEN
Baumentwürfe
Alan Lee

„Dies sind ein paar der Vorschläge, die wir für die Behausungen in Lothlórien machten. Die Modellmacher unter der Leitung von John Baster und Mary MacLachlan gingen unmittelbar von Zeichnungen wie diesen aus, übernahmen aus einigen so weit wie möglich Einzelheiten, während sie andere bloß als Ausgangspunkt nahmen und sie frei ausarbeiteten.

Lothlórien entwickelte sich wie die meisten der etwa sechzig kleinen Modelle, die Weta für die Filmtrilogie herstellte, ziemlich organisch, wie es in der Realität wohl auch der Fall gewesen wäre. Es gibt immer Modelle, die für Peter nützlich sind, um sich über die Einstellung klarzuwerden und über das Ausmaß und die Logistik der Modelle. Aber das Ergebnis beruht auf der Geschicklichkeit und dem Kunstsinn der engagierten Modellmacher und später auf dem Können von Leuten wie Alex Funke, der mit seinem Team die Modelle filmte."

LOTHLÓRIEN
Baumentwürfe
Alan Lee

„Viele Zeichnungen mache ich bloß, um mich an das Thema heranzutasten. Ich weiß nicht genau, worauf ich hinauswill, wenn ich anfange. Ich beginne unten auf der Seite und arbeite mich allmählich nach oben, folge der Form des Baumes und füge dabei Treppen hinzu, Brücken und Räume. Im Grunde ist es ein kunstvolles Gekritzel, aber es wird in einer elbischen Stimmung zu Papier gebracht.

Diese Zeichnungen werden Peter vorgelegt, und seine Reaktionen führen vielleicht zu weiteren Veränderungen, oder sie bestätigen, daß wir auf dem rechten Weg sind. Peter gefiel es, daß die Gebäude ein beinahe blütenähnliches Aussehen hatten – als balancierten sie zierlich auf ihren Zweigen."

LOTHLÓRIEN

Gesehen von außen

Alan Lee

„Diese Bilder der Elbenheime waren für die Hintergrundmaler bestimmt, damit sie Vorlagen für die Ansicht aus der Ferne hatten. Das Bild ganz links entstand viel früher. Ich wollte lediglich ausprobieren, wie die Bäume aus der Entfernung aussehen könnten. Daß sich im Inneren eine Stadt verbirgt, soll man nicht zu früh sehen."

Yanick Dusseaults fertiges Gemälde sieht man rechts außen. Allerdings wurde diese Szene am Ende aus dem Film getilgt.

▲ **LOTHLÓRIEN**

Galadriels und Celeborns Gemach

Paul Lasaine

„Dies ist ein großes Gemälde von Lothlórien, der Elbenstadt in den Bäumen – vermutlich das erste, das ich als detaillierte Exploration der eventuell möglichen Farben machte. In erster Linie beruhte es auf einigen von Alan Lees Zeichnungen, auf denen er die Architektur und die Bäume entwarf. Vom ersten Augenblick an hatte Peter Jackson eine bestimmte Zahl von Einstellungen im Kopf, von denen er hoffte, daß sie einen guten Gesamteindruck vermitteln würden. Im Grund war es eine Art Inspiration, die er und jeder Mitarbeiter teilten. Einiges an Lothlórien war so abstrakt, unsinnlich, daß ein Szenenaufbau unmöglich war und die Schauspieler mit blue screen arbeiten mußten, so daß eine Vielzahl dieser Konzeptbilder eine Hilfe sein würde. Dies Bild ist ein detailliertes Modell mit digital eingefügten Figuren, weil das ganze Gebäude für viele Einstellungen zu groß war.“

LOTHLÓRIEN

Skizzen der Außenansicht

Alan Lee

„Ideen für andere Dinge keimten auf, während ich an einem bestimmten Thema arbeitete, und auf der Zeichnung rechts sind verschiedene Entwürfe für Nenya, Galadriels Ring, zu sehen. Der Ring wurde schließlich von Schmuck-Desigerin Jasmine Watson entworfen und angefertigt."

LOTHLÓRIEN

Caras Galadhon

Paul Lasaine

„Dieser Blick in das Innere von Celeborns Gemach zeigt die Ankunft der Gefährten. Das Bild wurde aus einer Skizze von Alan Lee entwickelt, die gescannt und übermalt wurde, um Farb- und Lichtanleitung für die Miniatur zu haben. So mischen sich darin Alans Bleistiftzeichnung, Photoshop-Bearbeitung und eine einkopierte Filmszene."

LORD OF THE RI
Drawing Title:
Drawing Number:

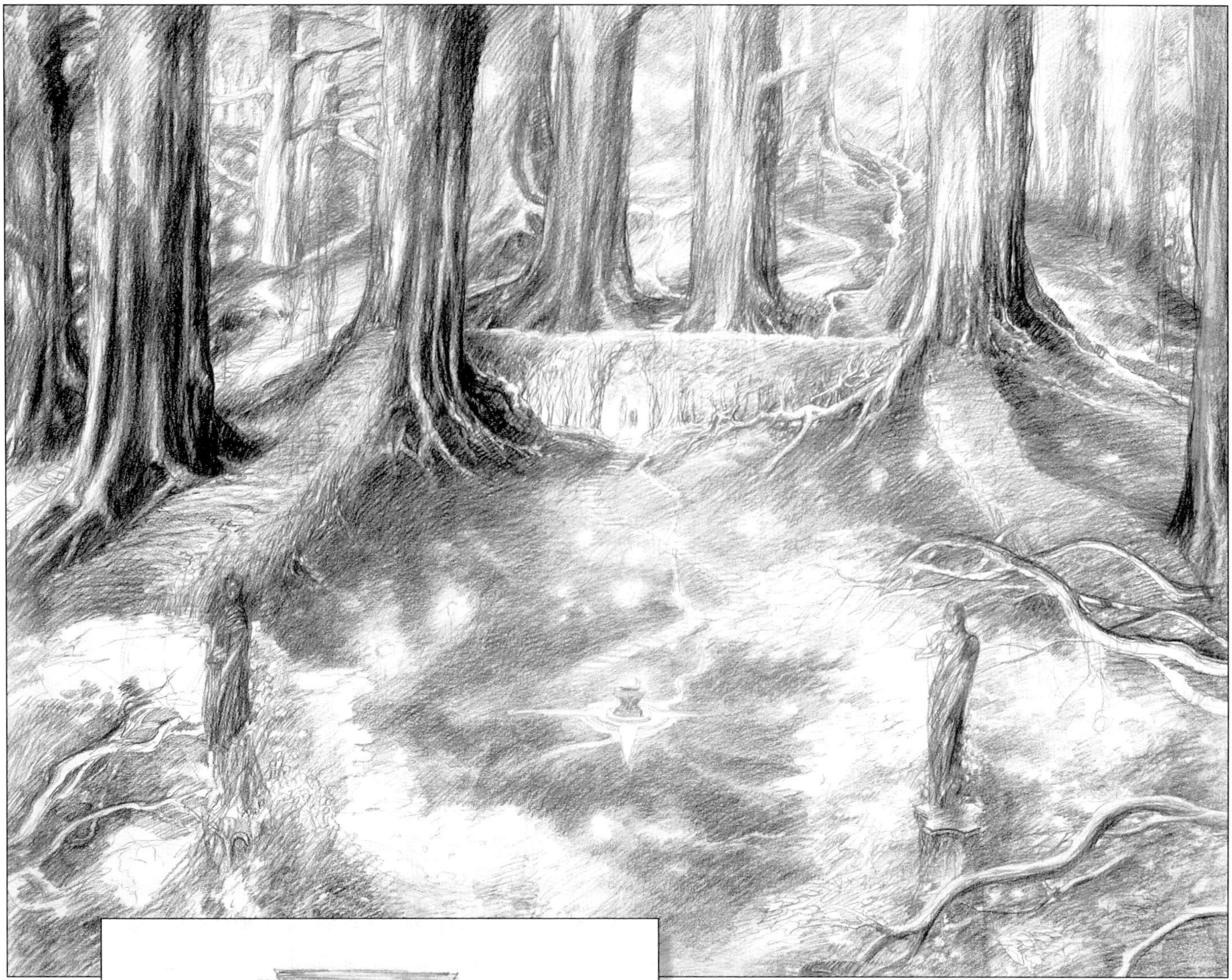

LOTHLÓRIEN
Verschiedene Skizzen
Alan Lee

„Das große Bild oben war eine frühe Idee für Galadriels Lichtung. Sie sieht ganz anders aus als das Endprodukt, doch ich mag es lieber. Die kleinen Bilder zeigen den Sockel von Galadriels Spiegel. Ich fertigte als nächstes ein Plastilinmodell an, wobei ich einige Ideen Peters verarbeitete, und das wurde die Grundlage für den Aufbau des Sets.

Die Skizzen auf der gegenüberliegenden Seite zeigen drei verschiedene Beispiele der Architektur in Lothlórien. Oben links die Zeichnung eines Fletts aus den Randbezirken der Stadt, seine Form ist der eines Mallornblattes entlehnt. Daneben eine Ansicht aus dem Inneren von Caras Galadhon mit Blick auf den Eingang und die Brücke. Das Bild zeigt den Weg, den die Gefährten hinauf zur Stadt nehmen werden. Das größte Bild ist ein Entwurf für das Tor am Fuß des Hügels. Es fand am Ende keine Verwendung – manchmal machen wir Vorschläge, die, obgleich sie jedermann gefallen, nicht ganz genau in das dramaturgische Konzept der Szene passen.“

LOTHLÓRIEN

Galadriels Lichtung

Paul Lasaine

„Oben ist eine flüchtige Komposition, basierend auf einer Aufnahme, die gemacht wurde, um Farbe und Beleuchtung zu demonstrieren, die in diesem Fall künstlich erzeugt wurden. Beim Drehen wurden die Hintergrundelemente einkopiert.

Rechts ist ein Farbschlüssel der Wälder von Lothlórien, gemalt, bevor das Drehen begann, der den Lichteinfall durch die Bäume zeigt.“

LOTHLÓRIEN

Galadriels Lichtung

Paul Lasaine

Mit Hilfe der von Christian Rivers angefertigten Storyboards schuf Paul diese Studien, um die Farbe und den Kräuseleffekt des aus dem Wasser von Galadriels Spiegel aufscheinenden Lichts zu demonstrieren.

Galadriels Lichtung

GALADRIELS LICHTUNG
Das zerstörte Hobbingen
Jeremy Bennett
Die Illustration oben ist Jeremys erste Bleistiftskizze dieser Sequenz, die untere eine farbige Version. Sie zeigt die Stimmung und die Farben, welche die Szene charakterisieren sollten, in der Frodo das künftige Schicksal seiner Heimat erblickt. Jeremy wich von der Landschaft ab und drängte die Gebäude zusammen, um den Eindruck der Zerstörung zu steigern.

GALADRIELS LICHTUNG
Das zerstörte Hobbingen
John Howe
„Eine Ansicht des zerstörten Auenlands. Das Modell wurde danach gebaut, dazu der verrückte Hügel mit all diesen Röhren und dem anderen Zeug. (Unten sind klein die Augen Saurons hingekritzelt. Sie landeten schließlich auf den T-Shirts der Film-Crew.)“

▲ ANDUIN
Argonath-Figuren
Roger Kupelian
Diese vorläufige Montage führt alle Elemente der Szene zusammen – die gemalten Hintergründe, die verschiedenen Gesteinsformen und die Modelle der Königsstatuen. Genaugenommen wurde vor Ort nur der Fluß Rangitikei auf der Nordinsel, der als Anduin diente, gefilmt.

◀ ANDUIN
Argonath-Figuren
John Howe
„Die fertigen Figuren im Film sehen weit römischer aus, aber diese frühe Zeichnung zeigt sie sehr nordeuropäisch. Alan und ich machten Skizzen, und man kombinierte unsere Ideen, aber ich hätte es lieber gesehen, wenn man sich enger an meine Skizzen gehalten hätte. Ich war sehr darauf erpicht, daß die Argonath mit den Füßen im Wasser, direkt über den Stromschnellen standen, damit die Boote zwischen ihren Beinen durchfahren konnten."

◀◀ ANDUIN
Argonath-Figuren
Paul Lasaine
Auf der vorhergehenden Seite finden sich drei Farbschemata von Paul, die verschiedene Farbskalen zur Diskussion stellen. Diese Komposition wurde auch für eine Anzahl von möglichen Postern benutzt, die er für Peter herstellte. Das Bild erwies sich als so eingängig, daß es für das Marketing und als Werbeposter Verwendung fand.

ANDUIN
Nen Hithoel
Roger Kupelian
Eine weitere Montage von Roger, bei der diesmal die verschiedenen Elemente mit der live-Aufnahme der Gefährten kombiniert sind, die einer schicksalhaften Begegnung am Amon Hen zustreben.

ANDUIN
Rauros-Fälle
Paul Lasaine
„Die Bilder links sind Farbstudien des Flusses zu drei verschiedenen Tageszeiten. Die oberen zwei zeigen den Flußlauf weiter unten bei den Rauros-Fällen und Boromirs Boot mit seinem Leichnam, während Aragorn und Gimli am Rand stehen und zuschauen. Es ist eine sehr heroische Szene."

AMON HEN
Der Berg des Auges
John Howe
Unten ein Detail aus einem Entwurf für einen Teil von Amon Hen, den John Howe als eine gewaltige Ansammlung römischer Tempel konzipierte. Links ein Foto des Modells von Amon Hen in voller Größe, das für den Dreh vor Ort gebaut wurde.

AMON HEN
Der Berg des Auges
Alan Lee
„Zwei unfertige Skizzen von Amon Hen. Ich hatte die Idee, diese Adler-Motive wegen des vorzüglichen Sehvermögens der Adler – symbolisch für Amon Hen – zu verwenden."

AMON HEN
Der Berg des Auges
Roger Kupelian
Unten eine Ansicht der Ruinen von Amon Hen aus einer anderen Perspektive; es ist ein halbfertiges Gemälde, das einen Teil des Zugangs zum Amon Hen zeigt.

AMON HEN
Frodos Visionen
Paul Lasaine

„Peter wollte diese Farbskizzen recht früh, bloß um ein paar Anregungen zu bekommen. Sie wurden nicht speziell der Farben wegen gemacht, sondern um die Visionen zu veranschaulichen: das Auge Saurons, die Geisterwelt, wie Frodo sie zuerst sieht, und dann des Hexenkönigs Gesicht. Alle Bilder durchliefen eine grundlegende Weiterentwicklung."

AMON HEN
Frodos Visionen
Jeremy Bennett

Dieses Gemälde wurde von Jeremy rasch für Gus Hunter angefertigt, der es für seine Sequenz von Visionen benutzte (siehe oben rechts). Nachdem Gus das Bild des auf dem Hochsitz postierten Frodo vor Augen hatte und nachdem er die Idee der Tunnel-Vision entwickelt hatte, brauchte er ein paar Bilder, die Frodo sehen sollte. Dies ist eines der Gemälde, die Jeremy zu diesem Zweck machte, und es zeigt eine Horde kämpfender Orks, die aus dem Nebelgebirge hervorbrechen. Die beiden anderen Bilder, die Frodo sieht, sind die Kriegsschiffe auf dem Anduin und der brennende Düsterwald. Diese Bilder wurden am Schluß aus dem Film getilgt.

AMON HEN
Frodos Visionen
Gus Hunter

Dies sind das erste und das letzte Bild der Sequenz, wo Frodo in die Geisterwelt blickt, nachdem er den Ring angesteckt hat. Diese beiden Entwürfe hatten den Zweck, zu demonstrieren, wie diese Gesichte der „Tunnel-Vision“ auf der Leinwand wirken würden. Gus benutzt züngelnde Flammen, die sich wie Finger bewegen und nach außen tasten. Die Bilder der Geisterwelt sind Gemälde von Jeremy Bennett – der Dunkle Turm und Saurons Augen –, die Gus in den Film kopierte.

Das Bild von Saurons Auge (ganz links) basierte auf Pauls Farbskizze. Anfangs orientierte man sich an Tieraugen, doch im Lauf der Arbeit wurde die spitz zulaufende Form abgerundet und der sie umlaufende Kranz als eine Art Hitzeschleier übernommen. Der erste Internet-Trailer zeigte das Auge mit einer doppelten Pupille, aber Peter Jackson entschied sich schließlich für das Bild, wie es hier zu sehen ist.

ANDUIN ▶▶
Die Rauros-Fälle
Jeremy Bennett

Als Jeremy die Rauros-Fälle zeichnete, wußte er, daß sie im fertigen Film aus digitalen Elementen verschiedener Wasserfälle bestehen würden.

▲ MORDOR
Emyn Muil
Paul Lasaine
Die beiden Bilder auf dieser Doppelseite gehören zu Pauls Lieblingsbildern und wurden bewußt als Gegenstücke angelegt: Das eine steht am Anfang des Films (das Auenland), das andere an seinem Ende (Mordor). Der Kontrast besteht weniger im Sujet als in der Farbgebung, die Stimmung und Atmosphäre erzeugt.

▶ HOBBINGEN
Das Auenland
Paul Lasaine
„Das Hauptbild zeigt Frodo und Sam, wie sie die Berge von Mordor zum erstenmal erblicken. An diesem Punkt wird ihnen klar, daß alles Vertraute jetzt hinter ihnen liegt und Mordor begonnen hat, sich wie ein Krebsgeschwür über die Welt auszubreiten. Der Idee kontrastierender Bilder lag die Absicht zugrunde, einen exakten Vergleich herzustellen, um deutlich zu machen, wie weit die Hobbits während ihrer Reise in den Schatten eingedrungen waren.“

LASAINE

▲ **MORDOR**

Die Ebene von Gorgoroth

Jeremy Bennett

In Übereinstimmung mit dem von Paul Lasaine angefertigten Farbschema zeigt dieses Bild eine andere Interpretation der ausgedehnten Sequenz der Schlacht im Zweiten Zeitalter. Jeremy mußte dieses Bild sehr rasch ändern, denn es wurde seitenverkehrt für eine speziell gefilmte Sequenz benötigt, die in den ersten Trailer aufgenommen werden sollte. Das Bild wurde von den Hintergrundmalern als Orientierung für die Größenverhältnisse benutzt.

▼ **MORDOR**
Barad-dûr
Jeremy Bennett
Drei einzelne Bilder aus einer Panoramaeinstellung mit den Orks, welche auf die Brücke von Barad-dûr zuströmen. Die Kamera schwenkt dann zu den Orks, die Saurons zerstörte Festung wieder aufbauen. Diese Bilder sollten Hinweise für die Farben geben, und die Orks wurden eingefügt, um den Digital-Künstlern einen Eindruck von der Größe und der Umgebung zu vermitteln.

MORDOR ▶▶
Die Ebene von Gorgoroth
Paul Lasaine
„Dieser Bildentwurf ist die erste Ansicht der gewaltigen Schlacht, die in den Rückblende-Sequenzen im Zweiten Zeitalter stattfindet. Wir sehen Sauron, der seine Truppen überschaut – Peter Jackson wollte sich in jemanden hineinversetzen können, der in Mordor 600 000 kampfbereite Streiter zur Verfügung hat. Für dieses Bild benutzte ich eine andere Farbpalette, vermied die harten Brauntöne und das rußige Schwarz ‚unseres' Mordors und verwendete statt dessen kühle Grautöne, Magentarot und Stahlblau."

Kostüme

GANDALF

Die Rückkehr nach Beutelsend

John Howe

„Dieses Bild wurde angefertigt, als Peter eine Filmpräsentation zu machen hatte. Er wollte wieder mal etwas ganz Besonderes, die Stufen von Beutelsend und Gandalf und die Hütte und ein bißchen Auenland, Sie wissen schon – Peter will immer fünfunddreißig Dinge in einem Bild, ein Wunsch, mit dem ich gelegentlich einige Schwierigkeiten hatte. Mit dem Karren war ich sehr zufrieden, weil er tatsächlich gut herauskam. Im Film war er zwar nicht blau, aber so gut wie. Ich bin nicht sicher, ob die Lampe die Umsetzung in den Film überlebte, aber der Karren schaffte es."

Frodo

FRODO

Kostümentwürfe

Ngila Dickson und Sylvana Sacco

„Daß wir einen normal großen Hobbit – etwa 1,20 Meter – und einen Film-Hobbit hatten, brachte mich ganz schön ins Schwitzen, denn man mußte sichergehen, daß die Kleidung im richtigen Verhältnis noch einmal angefertigt werden konnte. Das bedeutete zum Beispiel, daß man Knöpfe verschieden groß anfertigen mußte, und auch alle Stiche und Nähte mußten im richtigen Maßstab wiederholt werden. Die Stoffe mußten für beide Größen gewebt werden, damit er bei einer kleinen und einer großen Person gleichermaßen gut fiel.“

SAM

SAM
Kostümentwürfe
Ngila Dickson und Sylvana Sacco
„Ich glaube, die Hobbits waren am einfachsten zu entwerfen. Als ich das Skript bekam, machte ich als erstes eine kleine Zeichnung, wie meiner Meinung nach ein Hobbit aussieht, und tatsächlich war das, was aus den Hobbits schließlich wurde, nicht weit davon entfernt.“

MERRY & PIPPIN

MERRY UND PIPPIN
Kostümentwürfe
Ngila Dickson und Sylvana Sacco

„Zuerst blätterte ich alle Illustrationen von Alan Lee durch. Ich schaute mir jedes erreichbare Bild von Hobbits an und hatte so eine Liste von Beschreibungen, die mir für den gesamten Film gut zustatten kamen. Ich wollte den Eindruck erwecken, daß ihre gesamte Kleidung ein wenig vom Maß abwich – wie ihre Hosen, die zu klein und zu kurz waren. Und ihre Ärmel waren immer zu kurz. Also vernachlässigten wir den normalen Sitz von Kleidern und machten sie alle ein wenig formlos."

BILBO

BILBO BEUTLIN
Kostümentwürfe
Ngila Dickson und Sylvana Sacco
„Bilbo mußte wie die anderen Hobbits einen verschrobenen Geschmack haben. Doch ich wollte ihn auch ein wenig absetzen, in seiner Kleidung der Tatsache Rechnung tragen, daß er gereist, Elben begegnet und ein ziemlich wohlhabender Hobbit war. Folglich war seine Garderobe farbenfroher und der Stoff glänzender. Seine rote Brokatweste mit Goldknöpfen stammen unmittelbar aus dem Buch."

Gandalf

GANDALF DER GRAUE
Kostümentwürfe
Ngila Dickson und Sylvana Sacco
„Peter war völlig verliebt in ein Bild von Gandalf dem Grauen, das John Howe gemalt hatte. Es war ein wundervolles Bild und eine sehr eindrucksvolle Interpretation von Gandalfs Charakter. Es schien mir eine echte Herausforderung, zu versuchen, dies zu erschaffen – und wir taten es. Der Hut war natürlich die eigentliche Herausforderung ...“

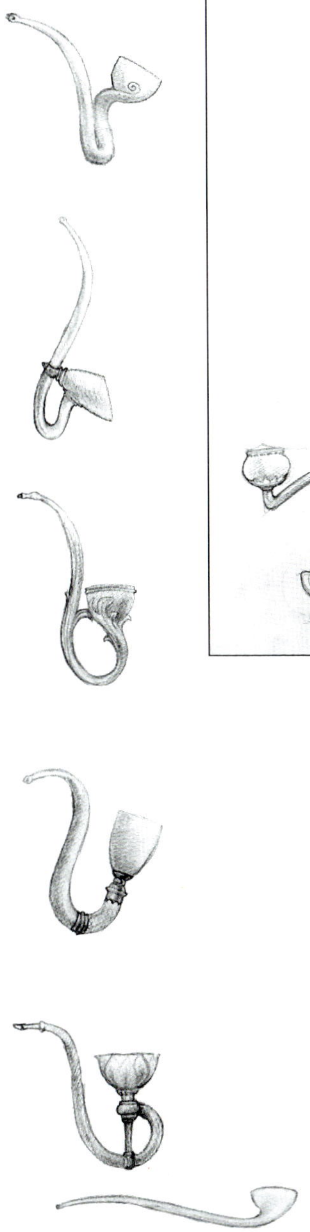

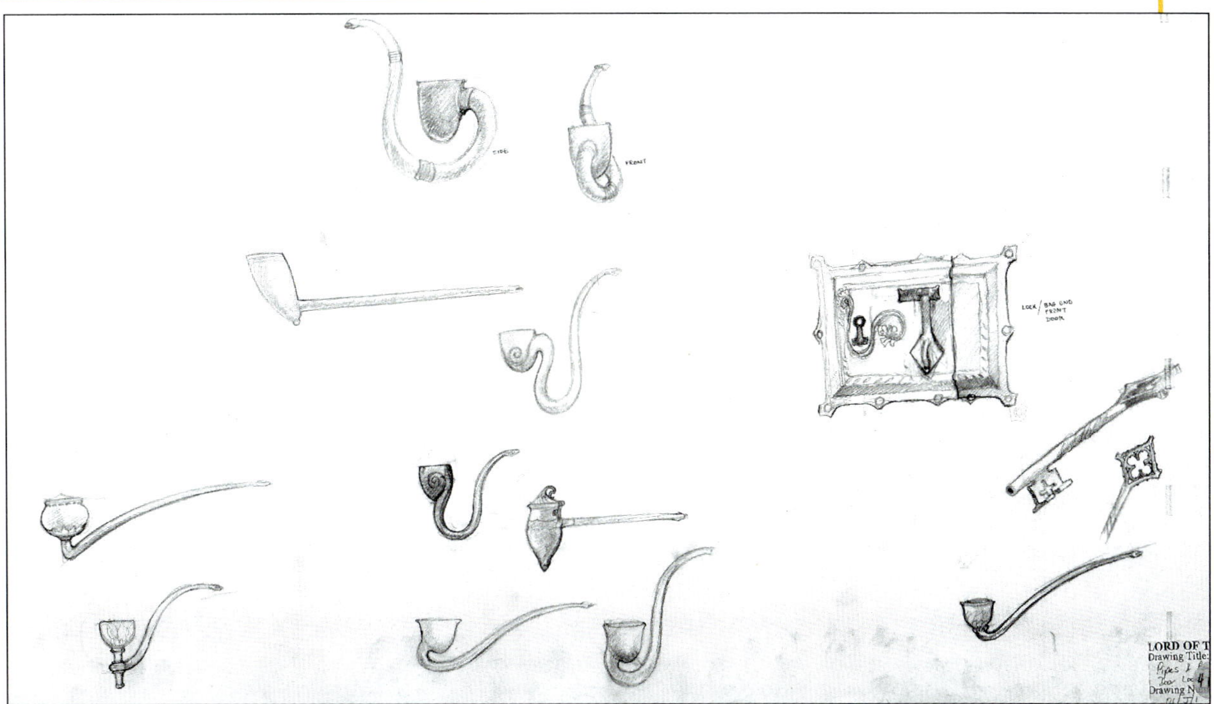

GANDALF DER GRAUE

Die Fest-Szene

John Howe und Alan Lee

Diese Seite zeigt eine Ansammlung von Gegenständen, die man bei Gandalfs Erscheinen in Beutelsend sieht, darunter eine Vielzahl von Pfeifen – alle für Hobbits entworfen, ausgenommen die lange, gerade Pfeife unten links, die Gandalf gehört. Links sind Alans Skizzen vom Stab und dem Buch des Zauberers zu sehen.

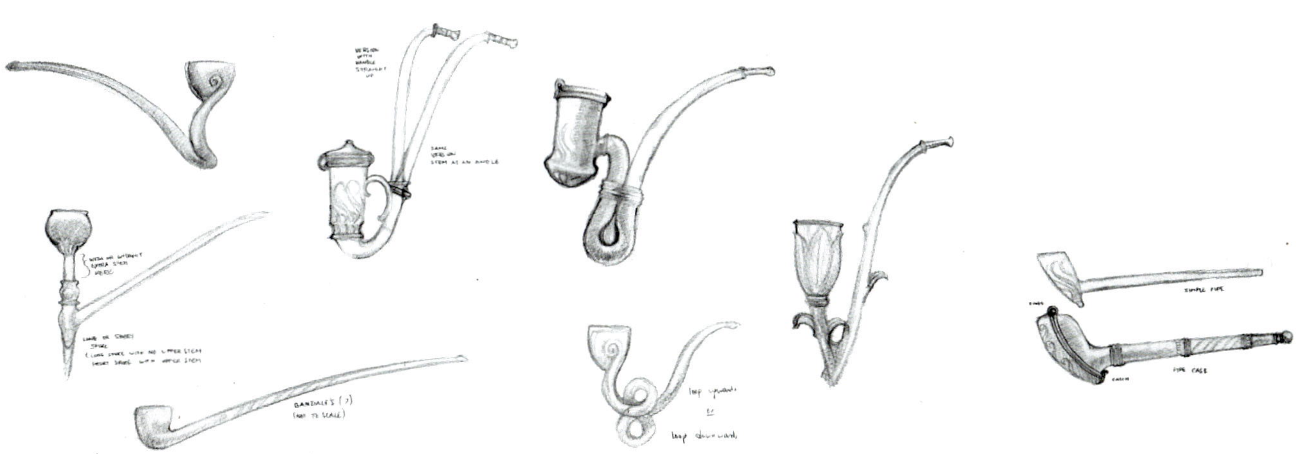

Aragorn

ARAGORN
Kostümentwürfe
Ngila Dickson und Sylvana Sacco
„Bei Aragorns Kostüm probierten wir mehrere Variationen aus. Meine ursprüngliche Zeichnung sah einen langen waldgrünen Ledermantel vor. Davon ausgehend versuchten wir verschiedene Farben und Längen, unterschiedliche Verzierungen, fügten eine Weste dazu … als wir schließlich mit dem Kostüm zufrieden waren, stellten wir fest, daß wir uns im Kreis gedreht hatten und es der ursprünglichen Zeichnung erstaunlich nahe kam.
Viggo traf sehr spät am Drehort ein, und es war wichtig, daß er etwas zum Kostümentwurf beitragen konnte. Zum Glück erlebten wir einen dieser besonderen Augenblicke, wenn ein Schauspieler ein Kostüm anzieht und es fast ganz perfekt ist. Von nun an arbeiteten wir eng mit Viggo zusammen, verstärkten die persönliche Note der Figur durch Steppnähte und Abnäher. Viggo wußte das sehr zu schätzen, und das war toll.“

BOROMIR & GIMLI

BOROMIR
Kostümentwürfe
Ngila Dickson und Sylvana Sacco
„In der ersten Arbeitssitzung über die Ausstattung der Gondorianer hieß es, sie seien die älteste aller Zivilisationen, Tolkiens Äquivalent für Rom, Ägypten oder Byzanz. Folglich spiegelt sich in ihren Kostümen etwas von diesen vergangenen Welten wider, vielleicht ein wenig mehr von Byzanz als von den anderen."

GIMLI
Kostümentwurf
Daniel Falconer
Für viele Figuren, die wie Gimli Rüstungen trugen, wurden die ersten Entwürfe vom Weta-Team und nicht von Ngila gemacht. Hier ein Entwurf von Daniel Falconer für den Sohn von Glóin, der aber aus einer Zeit stammt, als das Aussehen der Zwerge noch nicht festgelegt war.

ARWEN

ARWEN
Kostümentwürfe
Ngila Dickson und Sylvana Sacco

„Es gibt zwei Arten von Elben, die Lothlórien-Elben und die Bruchtal-Elben zu denen Arwen zählt. Die Bruchtal-Elben hatten dunkle, die Lothlórien-Elben helle Haare. Wir tendierten also dazu, den Bruchtal-Elben ein kräftigeres, dunkleres Aussehen zu geben. Bei Arwen mußten wir noch einen Schritt weitergehen, um zu zeigen, daß sie sich in die Welt der Menschen und besonders in Aragorn hineinversetzen konnte. Arwen ist also bei ihrem ersten Auftritt in einem elbischen Reitkostüm zu sehen, das zugleich praktisch und zauberhaft ist. Der Mantel besteht aus feinem taubengrauem Leder mit einer riesigen silbernen Zierschnalle und Elbenstickerei oben am Ärmel. Die Unterröcke sind aus sehr leichter grauer Seide. Dann, als das Gewicht der Zukunft auf ihr zu lasten beginnt, bevorzugt sie wieder traditionelle Elbenkleidung. Wir beschränkten den Schmuck auf ein Minimum, nachdem sie Aragorn den Elbenstern geschenkt hat, und es war sehr reizvoll, sie ungeschmückt zu zeigen."

Das Bild oben rechts zeigt auch ein Detail für Arwens Köcher, entworfen von Daniel Falconer, das freilich im Film nicht erscheint.

LEGOLAS

LEGOLAS
Kostümentwürfe
Ngila Dickson und Sylvana Sacco
„Das Entwerfen von Legolas' Kostüm war vermutlich am schwierigsten. Wir haben es mit vielen Interpretationen dieser Figur versucht, aber keine überzeugte Peter wirklich. Legolas weist diese außerordentlich distanzierte Schönheit auf und ist athletischer als alle anderen Figuren. Das mußten wir vereinen. Und wie immer, wenn man auf ein schlichteres Konzept zurückgreift, ergibt sich oft alles wie von selbst. Für alle Elbenfiguren machten wir vermutlich Hunderte von Entwürfen, glaubten jedesmal, die perfekte Lösung gefunden zu haben, und fingen doch wieder von vorn an. Und das alles angesichts unglaublich enger Termine. Wir waren eisern entschlossen, die Probleme zu lösen."

Elrond

ELROND
Kostümentwürfe
Ngila Dickson und Sylvana Sacco
„Die Elben waren am schwierigsten. In Tolkiens Text waren nur wenige Hinweise auf ihr Aussehen zu finden. Aber nachdem wir einmal ein Motiv gefunden hatten, das auf Blattformen beruhte, und Stoffe (Seide und feine mit Metallfäden durchschossene Wolle), begannen die Kostüme in vielen Variationen Gestalt anzunehmen.“

GALADRIEL

GALADRIEL
Kostümentwürfe
Ngila Dickson und Sylvana Sacco

„Die Besetzung der Rolle der Galadriel mit Cate gestattete uns, all die verschiedenen Vorstellungen von den Elben in einer ziemlich makellosen Form zu vereinigen. Dieses Geschöpf mußte die höchste Ausformung des Elbischen sein, die Quelle aller Weisheit. In ihr mußten sich Glanz, Schlichtheit und Eleganz dieses Volkes konzentrieren. Wir hielten die Farben gedämpft, wählten seidige Samtstoffe und reichverzierte Perlenstickerein. Der Schmuck ist ein Kapitel für sich. Ihre Krone ist die einzige, in die neben dem Silber auch Gold eingearbeitet ist. Und Galadriels Ring, den unsere Schmuck-Designerin Jasmine Watson entwarf, ist ein außerordentlich schönes Stück."

CELEBORN

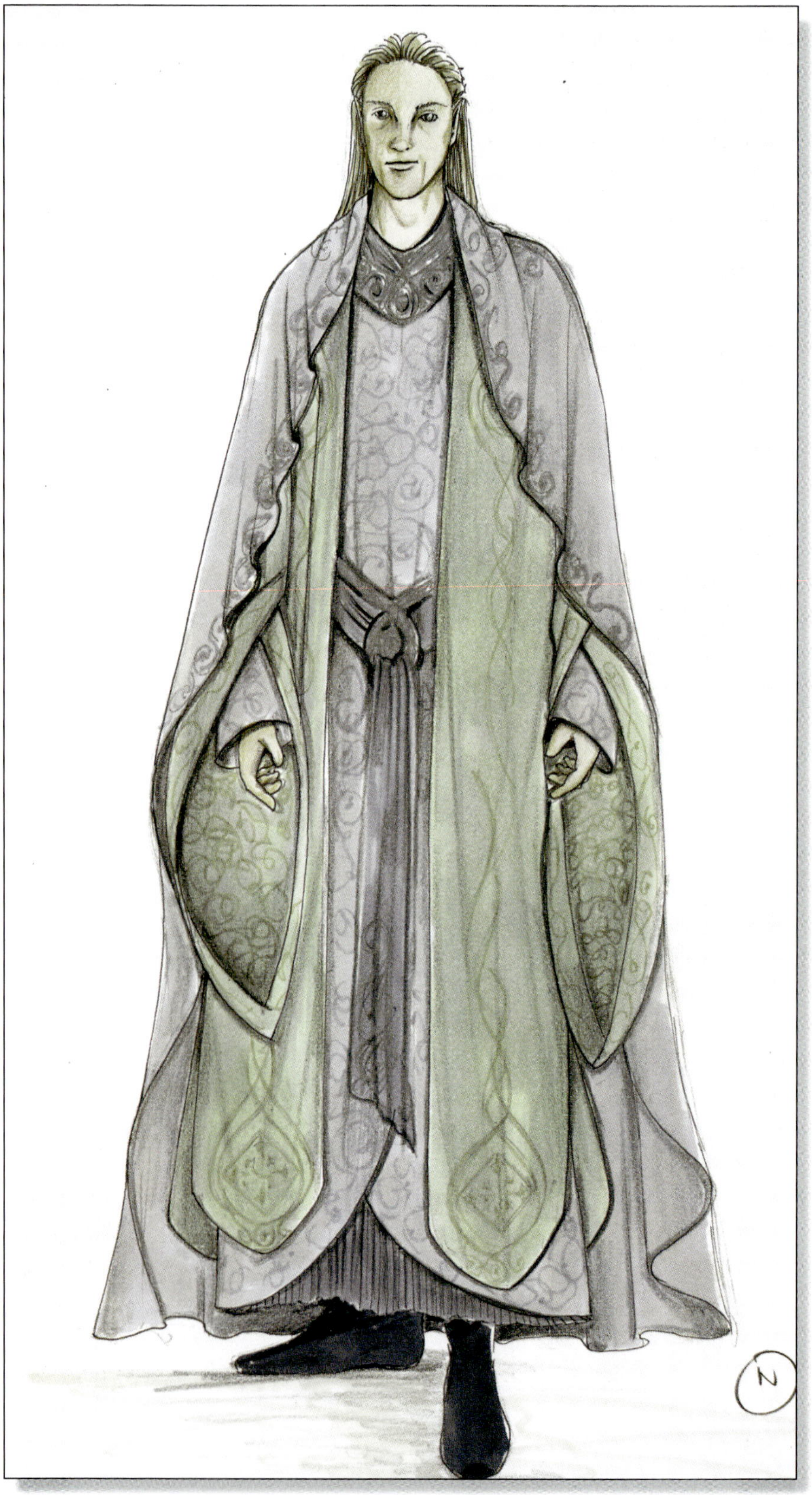

CELEBORN
Kostümentwürfe
Ngila Dickson und Sylvana Sacco
„Weil sich im Fundus sehr wenig Fertiges befand, beschränkten sich die anfänglichen ausführlichen Zeichnungen auf die Gefährten. Später gaben Zeichnungen unter diesem enormen Zeitdruck oft nur einen ungefährer Hinweis – eine Gestaltungsskizze für den Ausstattungschef –, was mir ermöglichte, die Arbeit am Kostüm schneller bis zum Zuschneiden vorwärtszutreiben.
Als die Dreharbeiten begannen, hatten wir einen so engen Zeitplan, daß wir ganz aufhörten zu zeichnen, sobald wir eine Vorlage für eines der Völker hatten. Wir begannen direkt am Kostüm zu arbeiten, fertigten manchmal für jede Figur drei Versionen an, weil es Peter wichtig war, wählen zu können. In dieser Zeit wurde niemals etwas weggeworfen. Die Kostüme, welche die Hauptdarsteller nicht benutzten, wurden aufbewahrt. Es war wirklich sehr effektiv."

SARUMAN

SARUMAN
Kostümentwurf
Ngila Dickson
und Sylvana Sacco

„Die beiden Zauberer sind die größten der Istari. Saruman, so majestätisch und edel und distanziert, Gandalf der mildtätige Landstreicher, der durchs Land zieht und Kontakt zu den Leuten hat. Sarumans Kostüm ist in bezug auf Stoff und Machart der Elbenkleidung nachempfunden. Es mußte den Eindruck unermeßlicher Macht vermitteln, und ich wollte Christopher Lees hohen Wuchs betonen, eine aufragende Figur, ähnlich dem Orthanc, schaffen. Im Gegensatz dazu ist Gandalfs Kleidung sehr erdhaft und zerknüllt, und das Ausmaß seiner Macht ist hinter der freundlichen äußeren Erscheinung verborgen. Die Zauberer haben eine enge Verbindung zu den Elben. Man hat das Gefühl, wer sich im Zentrum oder im Umkreis mächtiger Zauberkraft bewegt, versteht, daß sie eine ähnliche Kraft wie die Elben haben.“

Rüstungen

„Dies ist ein Beispiel für den Versuch, das Leuchten Stichs zu zeigen. Ich nahm das Standfoto des Schauspielers, der das Schwert hielt, und versuchte die Beschriftung auf der Klinge digital zu erleuchten. Die endgültige Version im Film ist ein bißchen matter, weil Peter Jackson sie etwas weniger intensiv wollte.“
Paul Lasaine

NARSIL

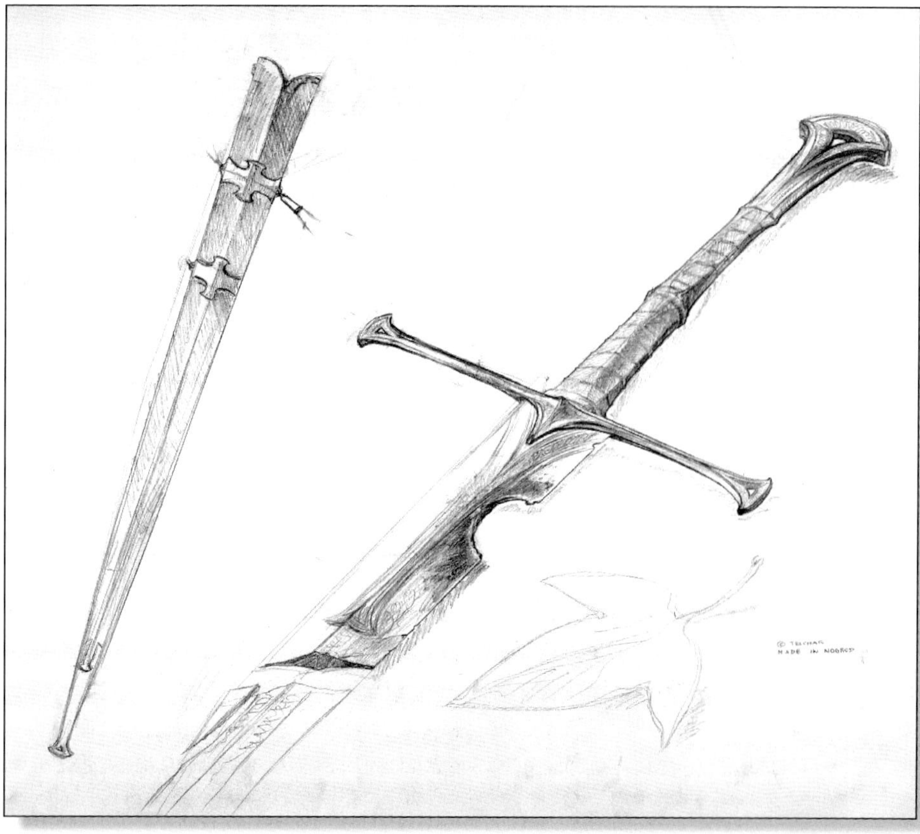

NARSIL
Bleistiftskizzen
John Howe
Eine Auswahl von Entwürfen für Narsil; alle zeigen die Einkerbung, die entstand, als Saurons Ringfinger im Zweiten Zeitalter abgetrennt wurde. Johns endgültiger Entwurf (Bild links) wurde ausgewählt und kam dann in die Weta-Metallwerkstatt, damit die Requisite hergestellt werden konnte.

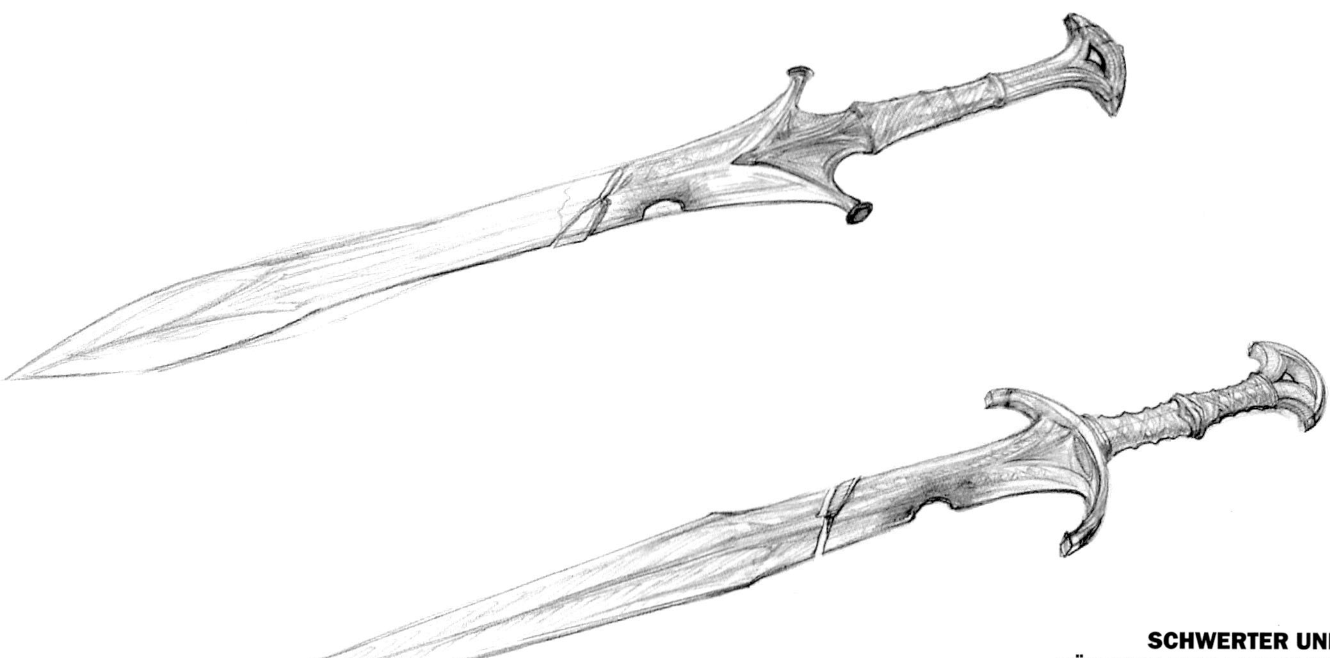

SCHWERTER UND ▶
RÜSTUNG DER RINGGEISTER
Bleistiftskizzen
John Howe
Entwürfe für Schwerter und Dolche der Ringgeister, die John zusammen mit der Beinschiene entwarf, um deutlich zu machen, daß Sauron immer gegenwärtig war.

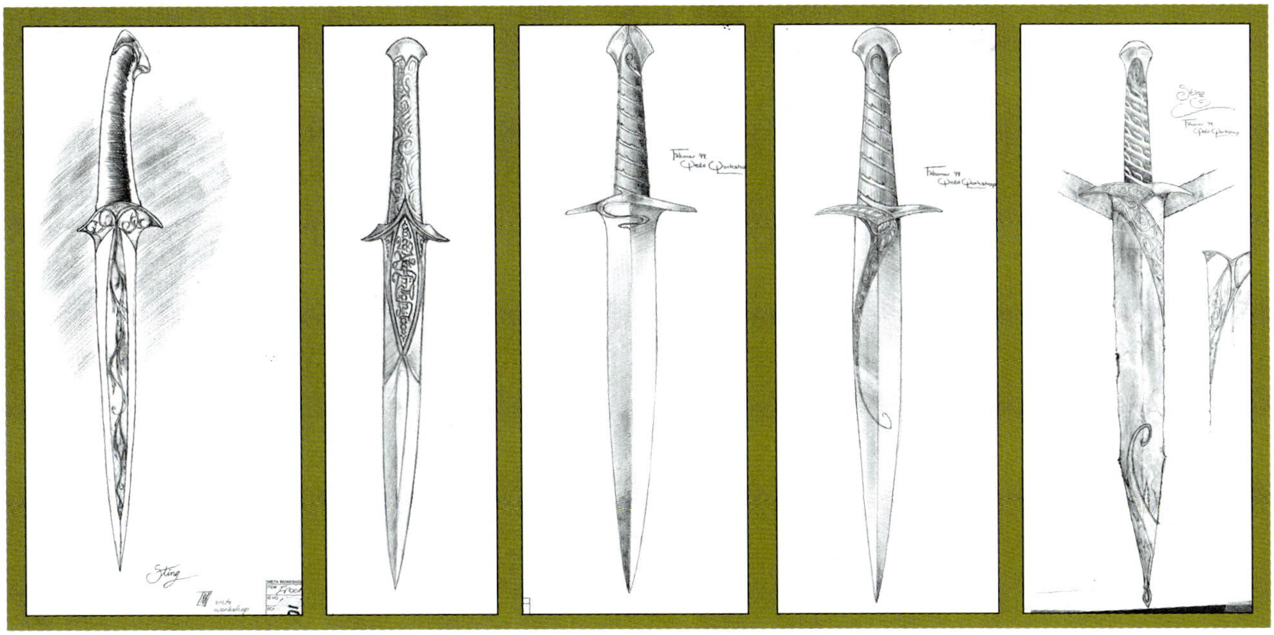

STICH
Bleistiftskizzen
Daniel Falconer
Das linkshändige Schwert Stich ist ein früher Entwurf von Warren Mahy, den Daniel in seinen eigenen einarbeitete. Das dritte Bild von links legte die Form der Klinge fest, während auf dem nächsten die Elbenschrift zu sehen ist, die längs der Klinge verläuft. Die Skizze rechts zeigt den fast fertigen Entwurf mit der Scheide.

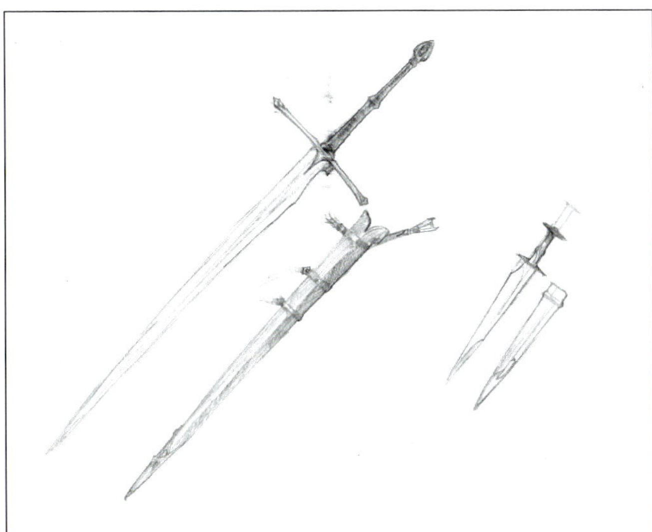

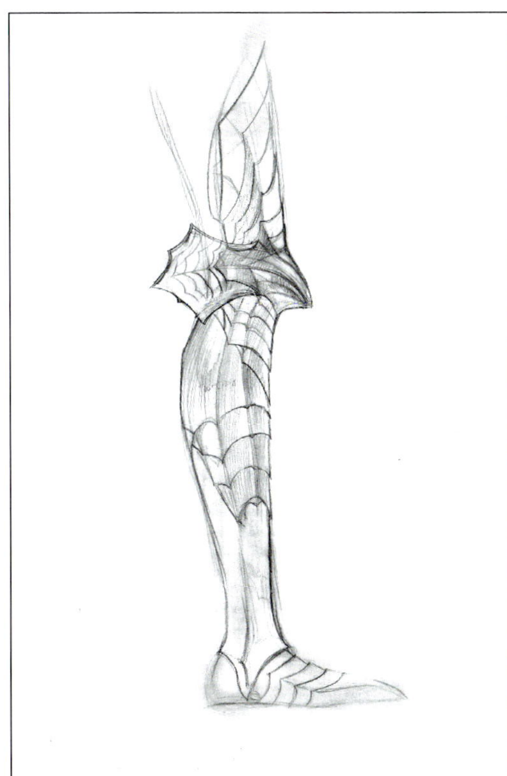

Elbische Dolche

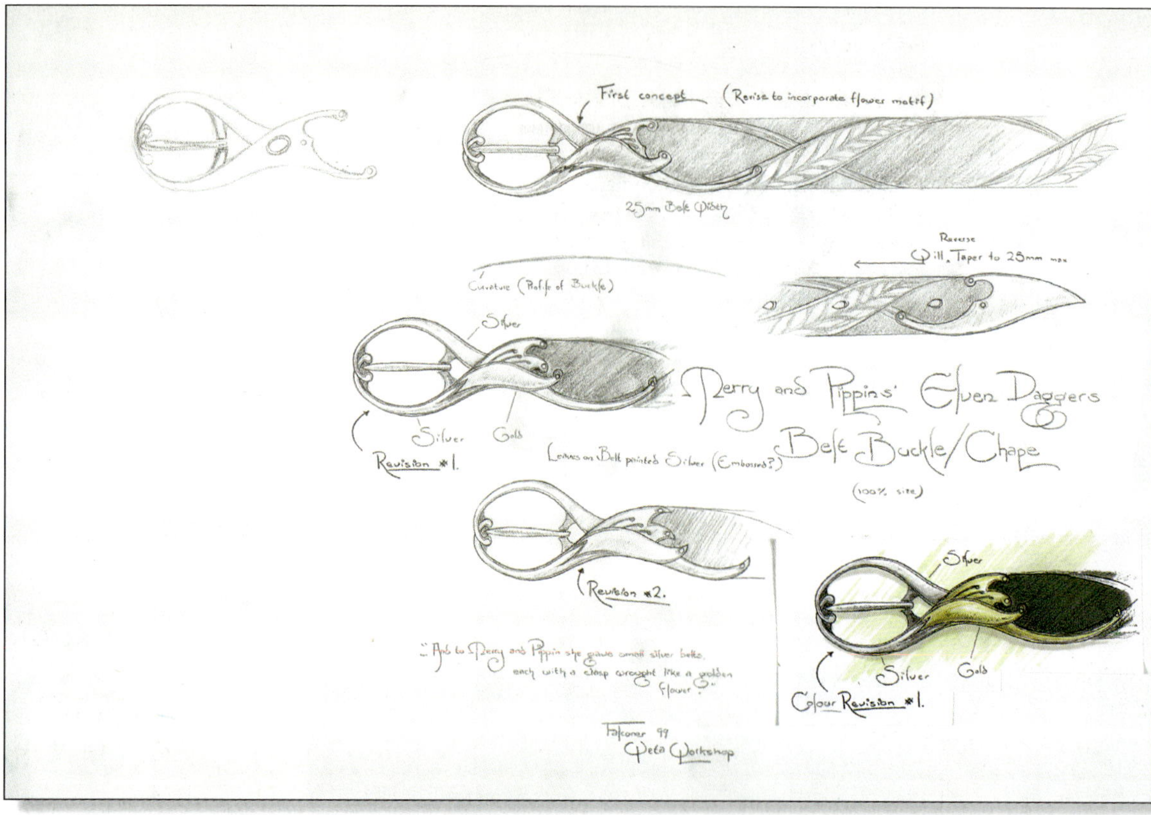

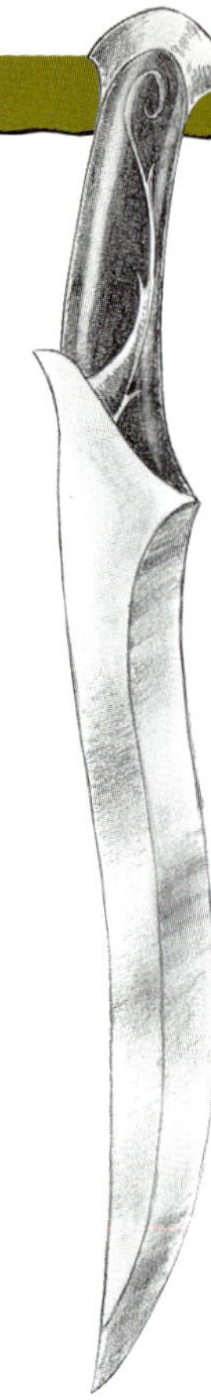

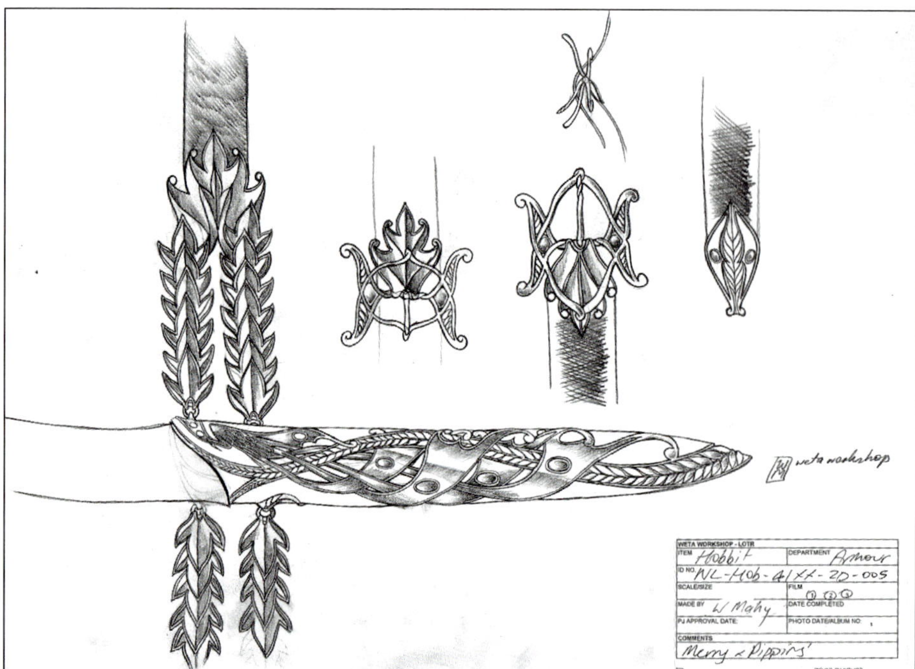

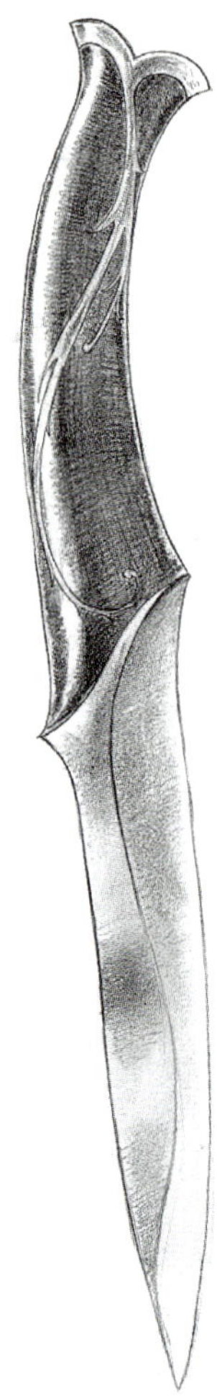

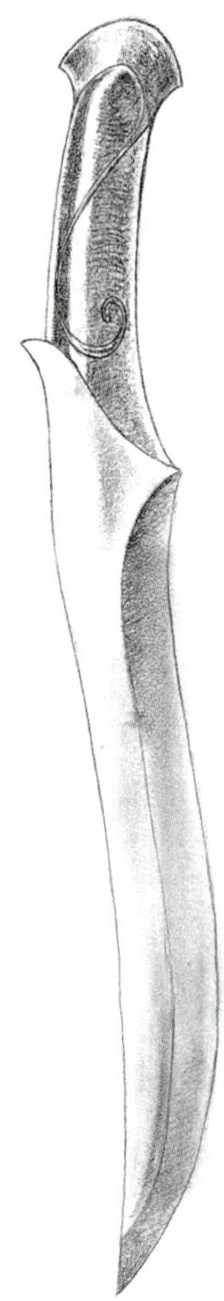

ELBISCHE DOLCHE
Bleistiftskizzen
Daniel Falconer und Warren Mahy
Als Merry und Pippin Lothlórien verließen, erhielten sie von Galadriel fein geschmiedete Elbendolche zum Geschenk. Bei der Gestaltung der Klingen und den dazu gehörenden Gürteln, Schnallenhaken, Schnallen und Scheiden ließen sich Daniel und Warren im wesentlichen von pflanzlichen Formen inspirieren, jenem durchgehenden stilistischen Motiv für Elbenrequisiten. Was im Film schließlich zu sehen ist, ist eine Kombination der Arbeiten beider Künstler; Schnalle und Gürtel wurde von Daniel (oben) und die Scheide von Warren gestaltet (unten).

ELENDIL
Frühe Entwurfsskizzen
Ben Wootten

Ben übernahm Daniel Falconers ursprüngliche Idee (siehe Skizze unten), die das Feder-Motiv des Umhangs im Helm wiederholte. Nach einigen weiteren Versuchen entwickelte Ben, ausgenommen einige kleine Veränderungen des Kostüms, das endgültige Bild Elendils im Zweiten Zeitalter (größte Figur). Daniel Falconer entwarf verschiedene Schnallen und Haken, die es Elendil ermöglichten, Narsil an seinem Gürtel zu tragen, obgleich sie im Film dann doch nicht verwendet wurden.

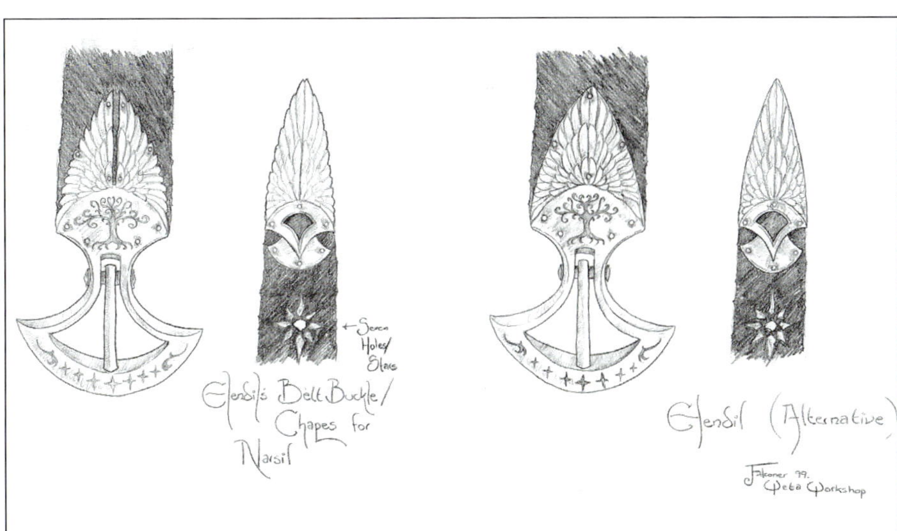

MITHRIL-HEMD

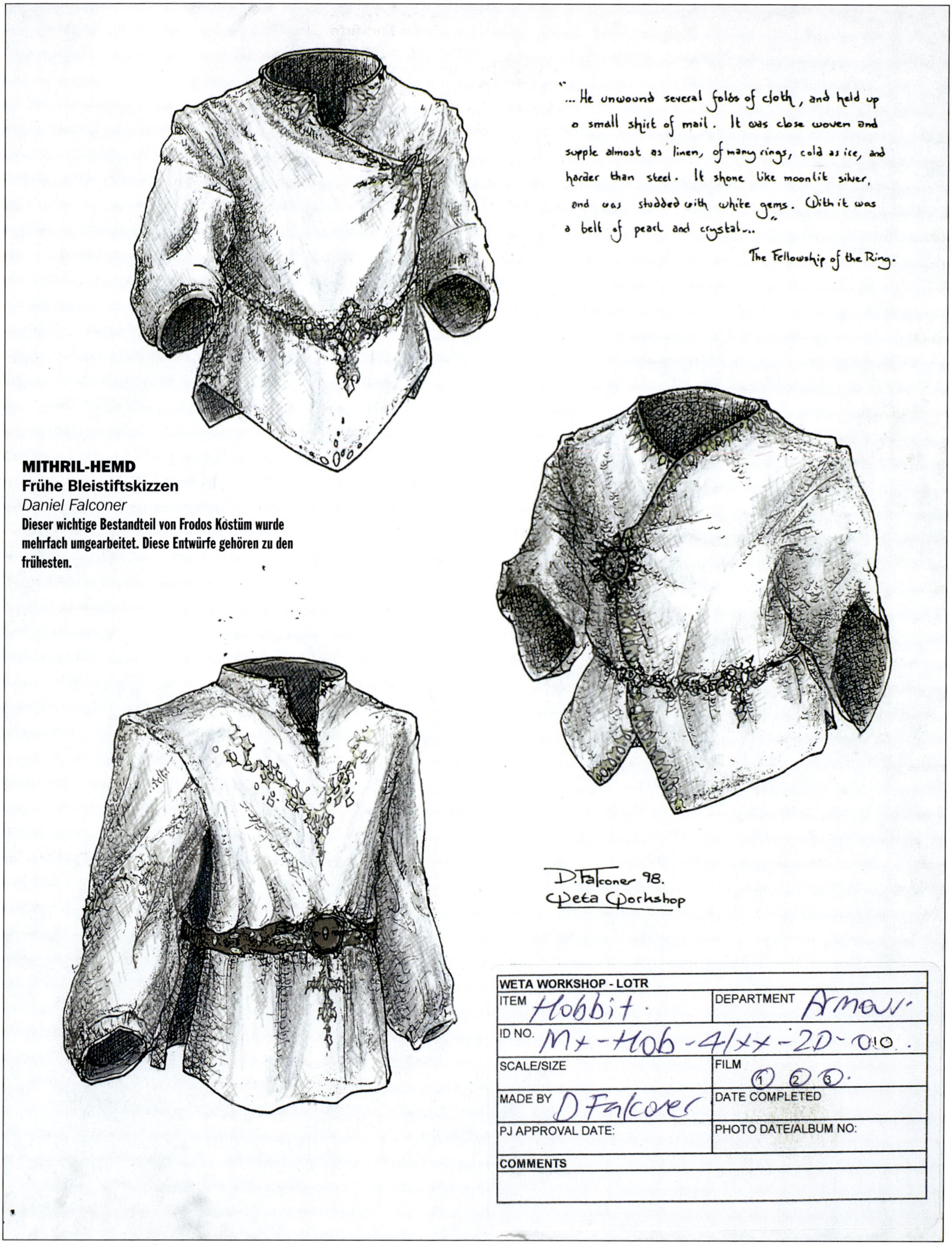

MITHRIL-HEMD
Frühe Bleistiftskizzen
Daniel Falconer
Dieser wichtige Bestandteil von Frodos Kostüm wurde mehrfach umgearbeitet. Diese Entwürfe gehören zu den frühesten.

GIL-GALAD

Frühe Entwürfe

Verschiedene Künstler

Daniel Falconer entwickelte Konzepte für Gil-galads Krone (oben links) und seine Rüstung (großes Bild). Gil-galads endgültige Krone, die im Film kurz zu sehen ist, wurde von Jasmine Watson entworfen und angefertigt. Für die Farbskala zog man die Heraldik und die Farben der üblichen Hochelben-Rüstung heran, sie wurden jedoch intensiviert, damit die Figur aus den Schlachtszenen hervorstach. Die beiden Gil-galad-Figuren, unten von Ben Wootten (links) und Daniel (rechts), waren Variationen desselben Themas. Im Film ist Daniels Entwurf zu sehen. Warren Mahy schuf sowohl Waffen für Gil-galads Truppen im Zweiten Zeitalter als auch die Voll-Rüstung, welche das Heer in der Schlacht trug (oben rechts).

GIL-GALAD

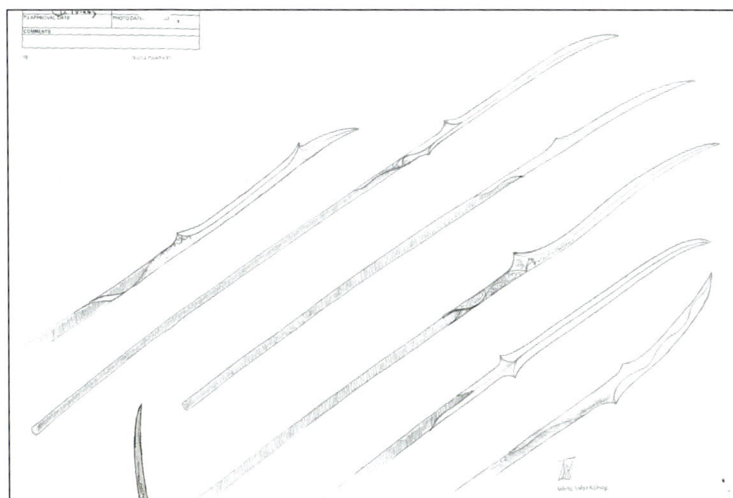

ELROND

ELROND
Entwurf für die Rüstung
Daniel Falconer
Für diesen frühen Entwurf von Elronds Rüstung im Zweiten Zeitalter (in der Einleitungssequenz zu sehen) benutzte Daniel die Farben von Tolkiens eigenen Entwürfen für die Heraldik der Elben. In dieser Zeichnung trägt Elrond das Blau und Gold seines Herrn Gil-galad, wie es seiner Rolle als Herold des Königs entsprach.

INSIGNIEN DER ELBEN

Farbmuster

Daniel Falconer

Diese Wappen wurden benutzt, um die verschiedenen Elbenheere zu kennzeichnen, die in den Sequenzen des Zweiten Zeitalters auftreten. Gil-galads Wappen war eine leichte Bearbeitung von Tolkiens eigenem Entwurf, und auch die Wappen der Häuser Elronds und Galadriels übernahmen Elemente seiner Entwürfe für deren Väter Earendil bzw. Finarfin. Die anderen Entwürfe sind Erfindungen Daniels, wenn auch in Anlehnung an die anderen. Die Elben sollten die Wappen auf den Brustpanzern und an den Seiten ihrer Helme tragen; sie wurden auch für die Elbenbanner verwendet.

DER KÖCHER LEGOLAS'

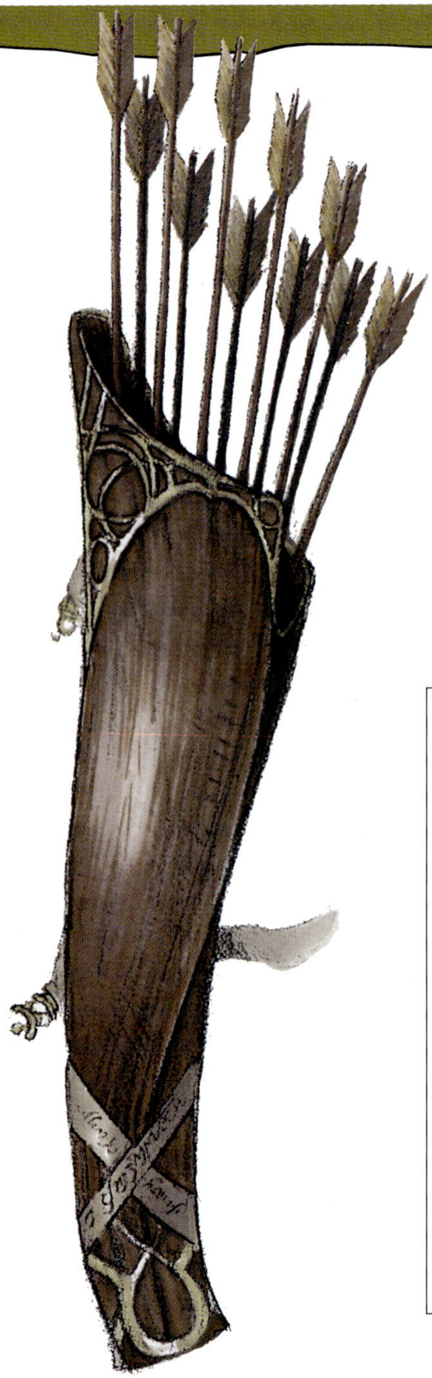

DER KÖCHER LEGOLAS'

Farb- und Bleistiftskizzen

Warren Mahy

„Dies sind verschiedene Skizzen von David Falconer und mir. Später im Film hat Legolas zwei verschiedene Köcher. Den ersten, auf meiner Zeichnung (ganz links) beruhend, nannten wir den Düsterwald-Köcher. Den zweiten erhielt er von den Elben Lothlóriens zum Geschenk. Dafür wurde Daniels Pfauenfeder-Motiv benutzt. Die endgültige Requisite wich ein wenig von der gebilligten Zeichnung ab (unten ganz links), war dunkler, und ihr fehlte der innere Pfeilbeutel. Die Requisiten wurden von einem Bogen- und Pfeilmacher in Wellington hergestellt und bestanden aus einem ziemlich kräftigen Holz, wenn ich auch nicht sicher weiß, welches Holz es war. Für Legolas' Pfeile verwendeten sie echte Federn von Truthähnen und Fasanen, für die übrigen jedoch synthetische Federn.

Die Pfeile hatten richtige Spitzen. Sie waren hübsch, dünn und flogen schnell, und wenn sie etwas oder jemanden trafen, drangen sie glatt ein. Einige Pfeilbolzen waren wirklich schwer, und man konnte sich vorstellen, daß sie eher die Knochen durchbohren als von den Kostümen abprallen würden."

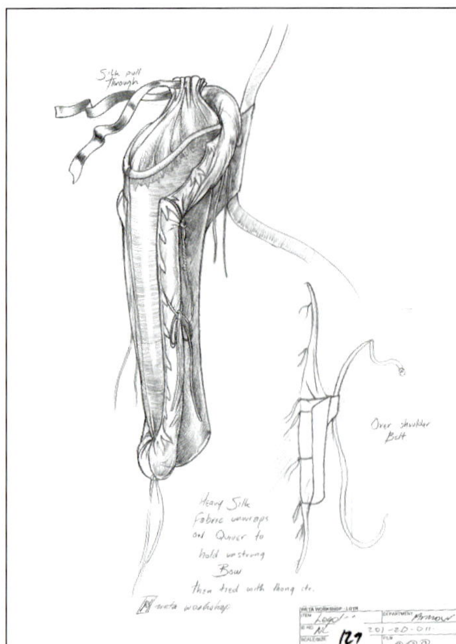

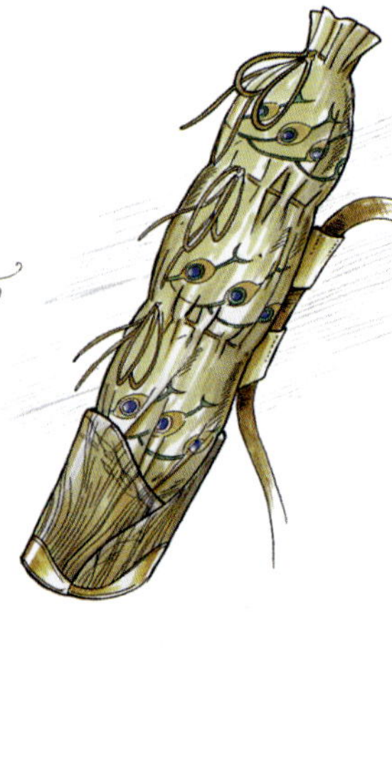

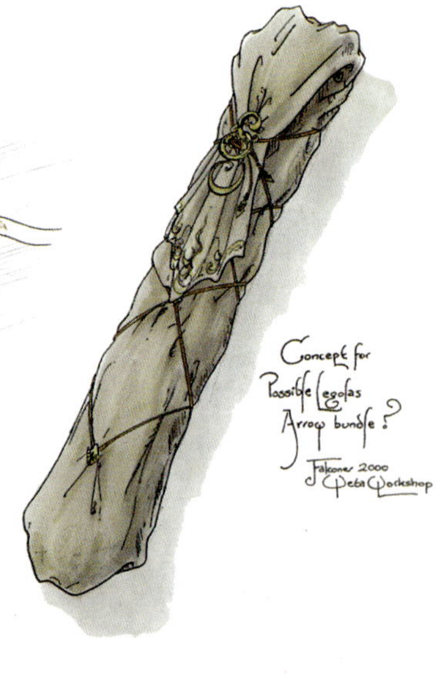

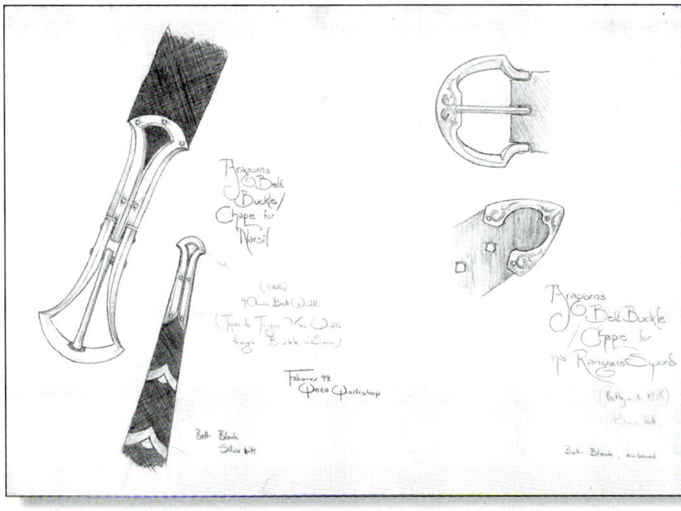

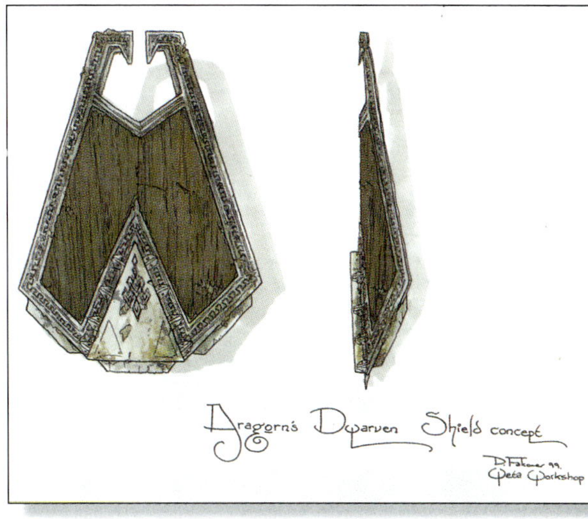

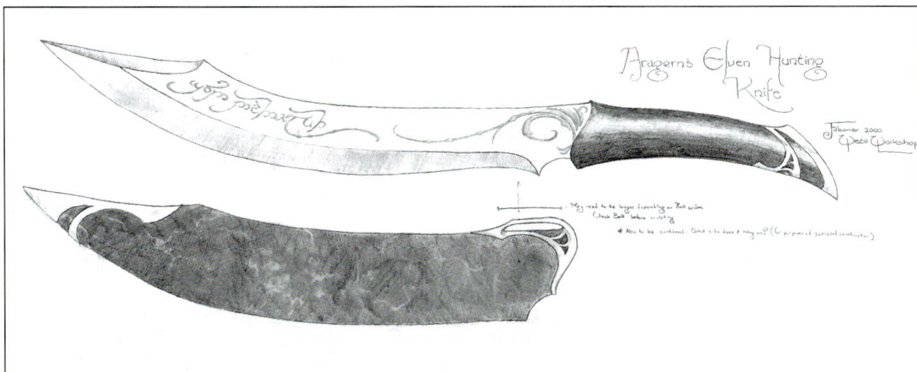

ARAGORNS AUSRÜSTUNG

Bleistiftskizzen

David Falconer

Der Schnallenhaken und die Schließe für Aragorns Gürtel dienten zur Befestigung von Narsil und Aragorns Waldläuferschwert. Der Zwergenschild (oben) stammt aus einer geschnittenen Szene, in der Aragorn ihn in den Gruben von Moria auf dem Boden liegen sieht. Das lange Jagdmesser (links) ist ein Geschenk der Elben und trägt eine Sindarin-Inschrift, die auf sein hohes Alter und seine Bedeutung hinweist. Die Inschrift lautet „Feind von Morgoths Reich“.

BOROMIRS SCHILD UND GÜRTEL

Bleistiftskizzen

Daniel Falconer

Daniels ursprünglicher Entwurf für den Schild wurde kaum verändert, lediglich ein Flügelpaar und sieben Sterne wurden den Verzierungen des Schildbuckels hinzugefügt. Die Gürtel-Entwürfe waren für die Riemen von Boromirs Schwert und Schild bestimmt.

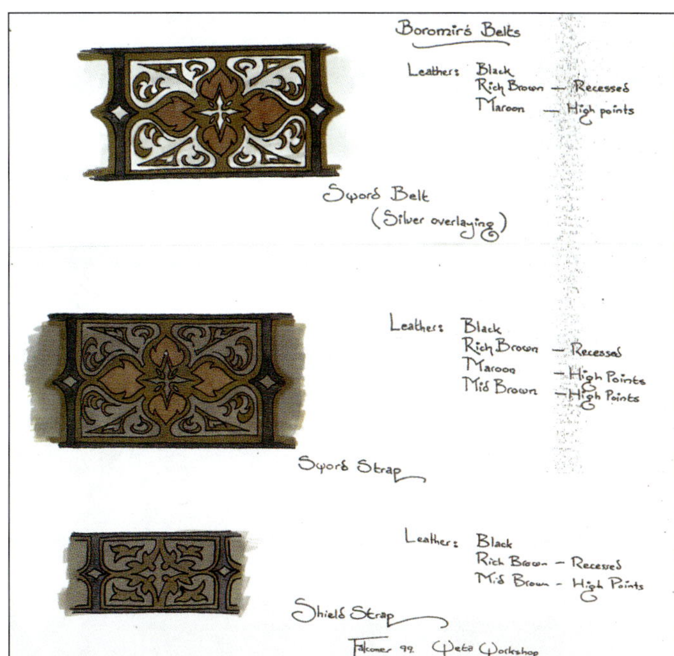

Zwerge

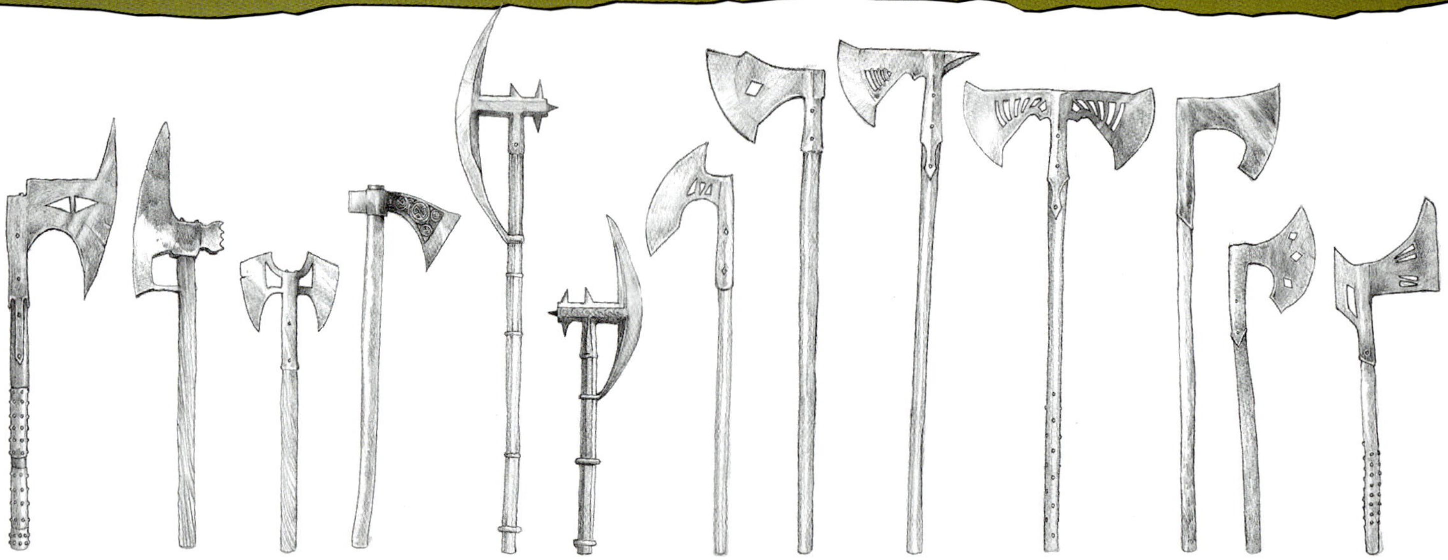

▲ **ZWERGENÄXTE**
Bleistiftskizzen
Warren Mahy
„Weil über die Architektur der Zwerge vorher Klarheit herrschte, waren viele Elemente der Zwergen-Ausstattung bereits festgelegt. Für die Waffen der Zwerge griffen wir auf Details aus der Architektur von Zwergenbinge und Moria zurück. Viele Äxte in Balins Grabkammer sind so gestaltet. Das gilt auch für die Helme und den Helm Gimlis: alle folgen dem gleichen Muster, alle sind sehr kantig."

▶ **ZWERGEN-GÜRTEL**
Bleistiftskizzen
Sacha Lees
Zur Ausstattung der Zwerge trugen zahlreiche Künstler bei. Sachas Gürtel und die Schließen sind von Elementen der bereits entworfenen Architektur um Balins Grabkammer beeinflußt.

▶ **ZWERGENFÜRSTEN**
Entwurfsskizzen
Daniel Falconer
Um einige frühe Überlegungen zu den Masken der Schauspieler zu verdeutlichen, welche die sieben Zwergenfürsten darstellen sollten, zeichnete Daniel Falconer diese möglichen Zwergengesichter.

▼ **ZWERGE**
Entwurfsskizzen
Verschiedene Künstler
Die beiden Zwergen-Skizzen auf der vorhergehenden Seite stammen von Warren Mahy, der eine Reihe geometrischer Formen benutzte, um die Exaktheit und Festigkeit der Zwergenrüstungen herauszuarbeiten. Die Zeichnungen unten von verschiedenen Künstlern enthalten allesamt Elemente, die in das ästhetische Konzept der Zwerge eingingen: Zeichnungen von Sourisak Chanpaseuth, Daniel Falconer und Warren Mahy.

SAURON

SAURON
Ursprüngliche Skizzen
John Howe (Nebenbilder von Warren Mahy)
„Diese Skizze wurde lange vor Beginn der Dreharbeiten angefertigt. Sie ist meine erste Idee für Sauron und seine Rüstung – ich wollte eine funktionierende Rüstung entwerfen, eine, die Sauron wirklich in der Schlacht tragen konnte, die aber trotzdem sehr zackig, ausgefallen und schaurig war.“

SAURON
Bleistiftskizzen
Warren Mahy

„Für alles, was mit Mordor zusammenhing, nahmen wir dunkles Eisen. Es war alles sehr ausgeklügelt, doch nicht roboterhaft. Das gilt auch für Saurons Rüstung: Sie liegt ziemlich eng an und ist körpergerecht, um die Vorstellung zu vermitteln, daß Sauron und seine Geister wirklich skelettartig waren. Saurons Rüstung wurde mit der Zeit immer wieder verändert, weil wir nie ganz präzise bestimmen konnten, was für die Sequenzen im Zweiten Zeitalter und was am besten für sein Auftreten im Dritten Zeitalter paßte. Es war ein fließender Prozeß, aber sehr konstruktiv. Es war ein Glück, daß Weta über einen Leder-Raum verfügte – wo die Lederkostüme angefertigt wurden – und gleichermaßen über eine Rüstkammer, wo alle Metallgegenstände hergestellt wurden. Richard Taylor wollte größtmögliche Realitätsnähe, weil dadurch die Schauspieler ein wirkliches Gefühl für die Personen bekamen, die sie spielten. Saurons Helm durchlief viele Entwicklungsphasen, wie man an den Skizzen von Warren Mahy sieht. Die endgültige Form, wie man sie im Film sieht, stammt von Alan Lee. Oben ist die endgültige Version des Streitkolbens zu sehen – es gab dafür zahlreiche verschiedene Entwürfe, und die Leute fragten sich, ob die Keule und die Rüstung wohl so alt waren wie Sauron selbst oder ob er sich von seinen Waffenschmieden neue Waffen hatte machen lassen. Schließlich kamen wir zu dem Schluß, die Rüstung sei wahrscheinlich sehr alt, von Sauron jedoch mit größter Fürsorge behandelt worden.“

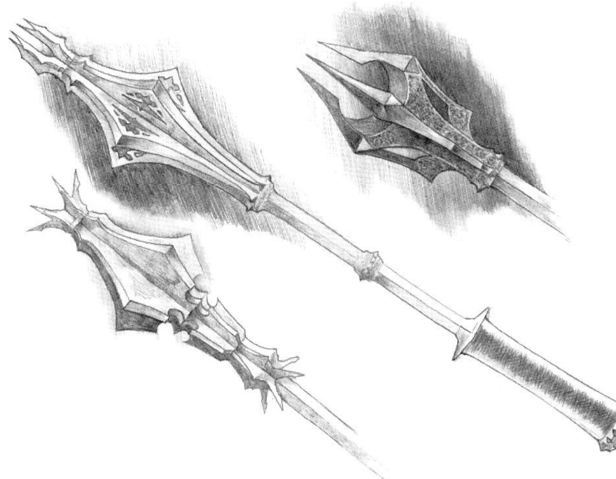

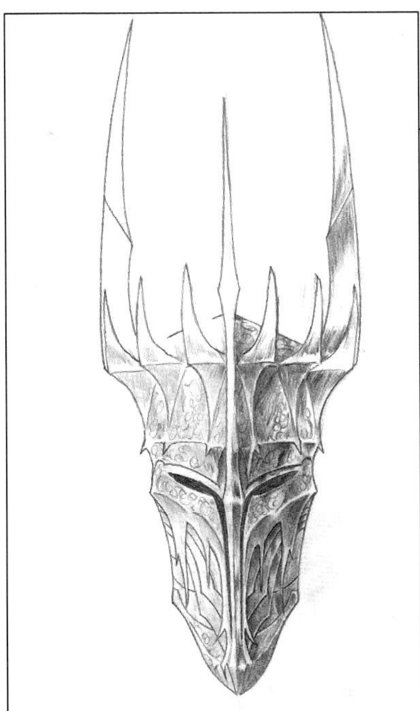

SAURON
Detail der Rüstung
Christian Rivers

Während diese Bleistiftskizzen für die Rüstung und den Helm von Warren Mahy stammen, der damit betraut war, das allgemeine Konzept für Sauron zu entwerfen, zeichnete Christian Rivers den farbigen Umhang (links). Obgleich eine solche Episode in der Geschichte selbst nicht vorkommt, wurden die beiden Entwurfsskizzen – Sauron würgt einen unterwürfigen Ork und verbrennt einen Feind (oben rechts und auf der Seite gegenüber) – angefertigt, nicht nur um eine Vorstellung von der Größe Saurons in seiner Rüstung zu vermitteln, sondern auch um seine grausame Herrschsucht zu charakterisieren.

Kreaturen

„Das schwerste ist immer, an einem bestimmten Punkt einfach zu sagen: ‚Der Entwurf steht‘, weil man nie mit einer Sache ganz zufrieden ist, denn auch wenn sie gut aussieht, könnte man sagen ‚Wir hängen noch einen Tag dran‘, und am nächsten Tag kriegt man es besser hin. Also muß es immer diesen Punkt geben, an dem man sagt: ‚Okay, so soll das Balrog aussehen, basta.‘ Viel Energie und Zeit gingen dabei drauf, das in den Griff zu bekommen und mich selbst davon zu überzeugen, daß ich mit dem glücklich war, was wir beschlossen hatten.“

Peter Jackson

Orks

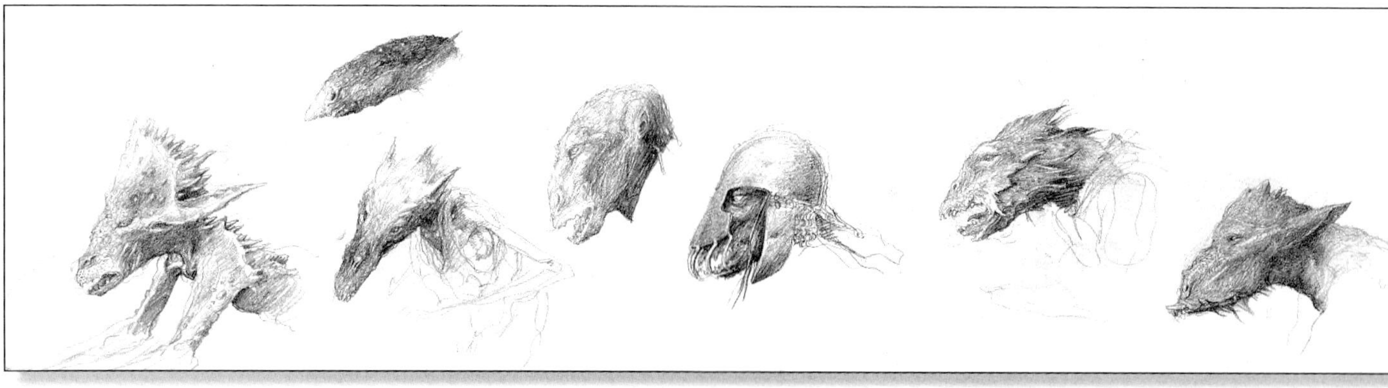

ORKS
Frühe Bleistiftskizzen
Alan Lee

„Peter und Richard wollten unbedingt unterschiedliche Arten von Orks haben, die sich deutlich voneinander unterschieden, damit nicht in allen drei Filmen dieselben häßlichen Gesellen auftauchten. Folglich gibt es die Mordor-Orks aus dem Prolog, Moria-Orks und so fort.

Das endgültige Aussehen der Orks wird eher von ihren Rüstungen und Waffen bestimmt, die das Weta-Team entwarf, und von der geschickten Nutzung digitaler Technik bei der Bearbeitung der Augen.

▶ **MORIA-ORKS**
Modell
Ben Wootten

Dieses Modell wurde angefertigt, als man die Orks noch digital herstellen wollte und sie sich darum nicht menschlichen Proportionen anzugleichen brauchten, so daß sie weit animalischer ausgesehen hätten, was Peter Jackson gefiel.

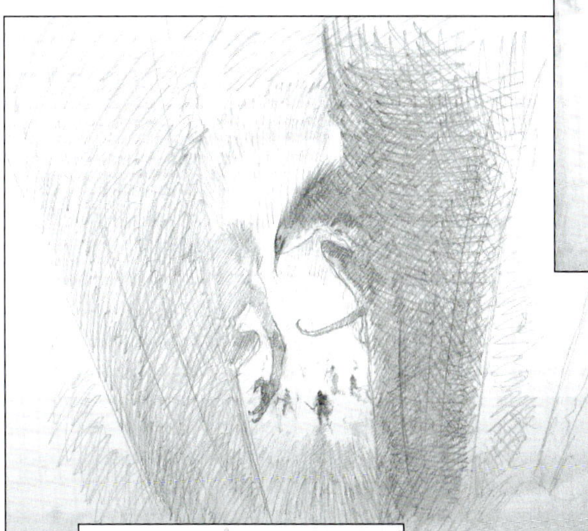

ORKS
Bleistiftskizzen
John Howe
„Die Moria-Orks waren eine Sache für sich, weil das ganze Studio davon redete. Über die anderen Orks gab es keine große Diskussion, denn sie waren so etwas wie Schrottplatz-Samurais – alles dreht sich um die Rüstung –, aber für die Moria-Orks wollte Peter etwas Besonderes. Und mit der Zeit führten die Entwürfe immer weiter vom Humanoiden weg zu Gott weiß was.“

◀ MORIA-ORK
Modell
Jamie Beswarick
Ein weiterer früher Entwurf für die Orks, wiederum weniger als Maske für einen Schauspieler, sondern eher für die digitale Aufbereitung bestimmt.

▶ ORKS
Entwurfsskizzen
Verschiedene Künstler
(Von rechts im Uhrzeigersinn) Johnny Broughs frühe Entwürfe für die Orks von Moria. Der Entwurf für ein Gesicht unten links kommt der endgültigen Version sehr nahe, bei der die Augen des Schauspielers digital vergrößert wurden. Daniel Falconers sprungbereite Gestalt mit dem krummen Stab war wiederum eine frühe Idee, die mit CGI realisiert werden sollte. Auch Christian Rivers' und Warren Mahys Skizzen sollten digital aufbereitet werden, besonders mit Blick auf Warrens Ork und seine insektenartige Körperhaltung.

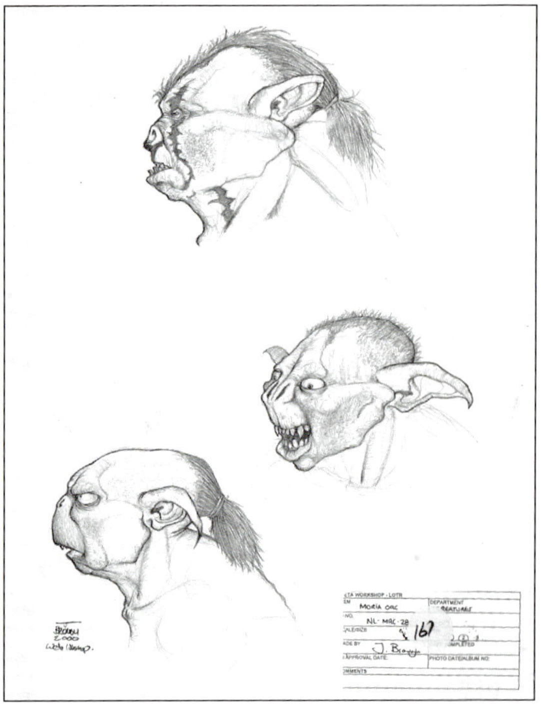

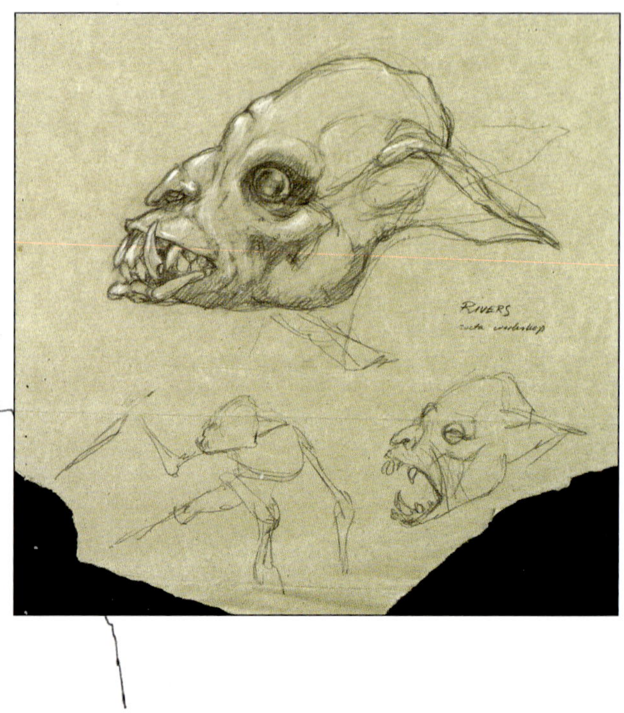

▶ ORKS
Modell
Ein weiterer früher Entwurf der Weta Workshops, der sich auf die Vorstellung konzentrierte, die Orks hätten über eine hochentwickelte sinnliche Wahrnehmung verfügt, eine Idee, die aber bald darauf verworfen wurde.

▼ ORKS
Entwurfsskizzen
Verschiedene Künstler
Zwei alternative Ideen für Moria-Orks. Die linke Skizze (Ben Wootten) ist ganz und gar animalisch und für die digitale Aufbereitung bestimmt, während die rechte (Daniel Falconer) der später im Film von den Schauspielern benutzten Gesichtsmaske näherkommt. In dieser Zeichnung ist die Augenfarbe eine andere als die tatsächlich später verwendete.

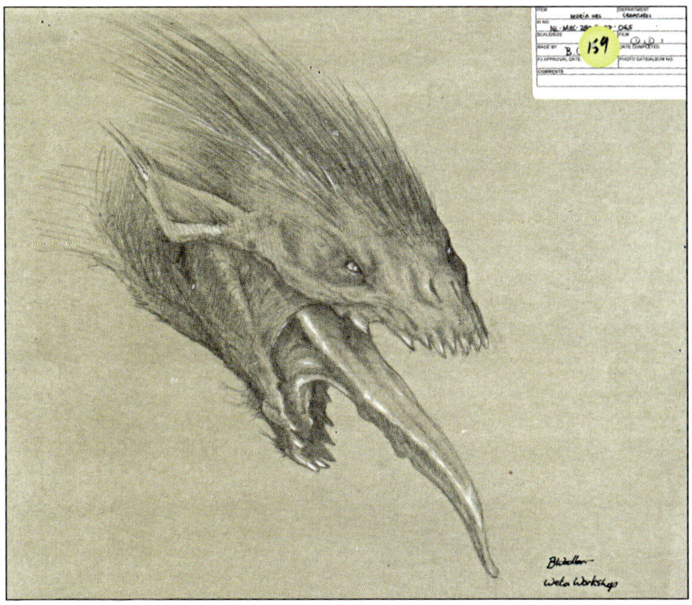

ORKS
Entwurf für die Rüstung
Daniel Falconer
Für den Moria-Ork entwarf Daniel diese Rüstung, konstruiert aus poliertem Holz und leichten Stahlrahmen. Mit dieser leichten Rüstung und den frei beweglichen Zehen waren Bäume und Säulen leicht zu erklettern. Der Moria-Ork auf der nächsten Seite, der nicht in den Film übernommen wurde, sollte ebenfalls durch CGI hergestellt werden. Er trägt einen mit Stroh überzogenen, ölgetränkten Schild, der, in Brand gesetzt, sowohl als Laterne wie als Waffe im Kampf verwendet werden konnte.

▶ ORKS
Entwurfsskizze
Warren Mahy
Eine weitere Variante für Moria-Orks; sie tragen Kleider, was darauf hindeutet, daß sie sich in den düsteren Hallen von Zwergenbinge wohler fühlen als im Sonnenlicht.

D. Falcone 99
Weta Workshop

ORKS
Entwurfsskizze
Warren Mahy
Eine Version des Moria-Orks mit Rüstung und Waffe. Aus dieser Figur wurde schließlich die endgültige Moria-Kreatur.

ORKS
Entwurfsskizzen
Verschiedene Künstler
Der Ork oben rechts von Christian Rivers wurde ursprünglich als Moria-Ork entworfen, dann aber als Mordor-Ork weiterverwendet. Dasselbe gilt auch für Warren Mahys Entwurf unten links. Die große Skizze (ein Kampf-Ork) von Daniel Falconer stammt wiederum aus einer Phase, als die Orks digital hergestellt werden sollten.

ORKS
Entwurfsskizzen
Verschiedene Künstler
Daniel Falconer machte mehrere Entwürfe für jeweils anders bewaffnete Moria-Orks (oben rechts und unten links). Der Ork unten links trägt eine Waffe, mit der er Feinde einfangen und festhalten konnte. Der Ork in der Mitte von Warren Mahy ist ein sehr früher Entwurf für die Moria-Orks, als diese im Script noch Kobolde hießen. Das Modell unten rechts wurde kurzzeitig favorisiert, als man noch die Absicht hatte, die Orks von Moria komplett digital herzustellen.

▲ ORKS
Digital-Komposition
Mel James
Mel hat dieses Bild eines dichtbevölkerten Schlachtfeldes für Peter Jackson angefertigt, um ihm zu verdeutlichen, wie eine solche Sequenz aussehen konnte. Die Komposition, mit Photoshop hergestellt, war eine Mischung aus fotografierten Modellen und einer gescannten neuseeländischen Landschaft als Hintergrund.

ORKS
Modelle
Verschiedene Künstler
John Howe gestaltete den Moria-Ork unten links ohne Bleistifte und Farbe, und dieser Entwurf wurde für den fertigen Film benutzt. Unten ist Daniel Falconers viel früheres Modell eines Orks zu sehen, dessen Rüstung aus zusammengesuchten Materialien besteht. Der Haken auf dem Rücken diente zum Tragen einer Laterne. Der Ork auf der nächsten Seite, gestaltet von Johnny Brough, kommt dem endgültigen Aussehen der Ork-Köpfe schon sehr nahe.

D. Falconer 98.
Weta Workshop

◀ **ORKS**
Entwurfsskizze
Daniel Falconer
Details dieses Entwurfs wurden für die Ork-Rüstungen verwendet, doch eigentlich stellt dieses Bild eine frühe Idee einer Uruk-hai-Rüstung dar, als man sich über das endgültige Aussehen dieser Kreaturen noch nicht schlüssig war.

▶ **ORKS**
Entwurfsskizze
Daniel Falconer
Ein viel späterer Entwurf für einen Mordor-Ork, der viele Züge aufweist, die später in zahlreichen Ork-Kostümen wieder auftauchen.

URUK-HAI

DIE GEBURT DER URUK-HAI
Entwurfskizzen
Verschiedene Künstler
Diese Bilder stammen von verschiedenen Weta-Künstlern und zeigen, wie diese Geburt aussehen könnte. Warren Mahys Bilder (links oben und unten) zeigen einen Uruk-hai, der aus seinem Beutel kriecht, das von David Falconer (dazwischen) zeigt den sich öffnenden Beutel. Rechts oben einige Ideen von Christian Rivers für gerade ausgeschlüpfte Uruk-hai, die zu atmen beginnen; unten Ben Woottens Version des Beutels. Auf der gegenüberliegenden Seite das Modell eines gerade geborenen Lurtz, der sich aufrichtet, gestaltet von Jamie Beswarick.

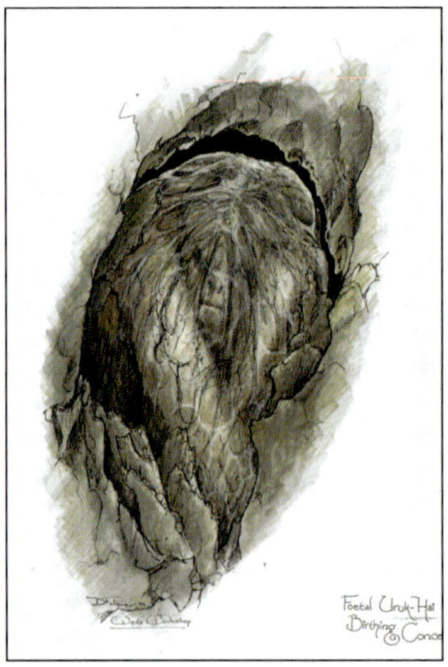

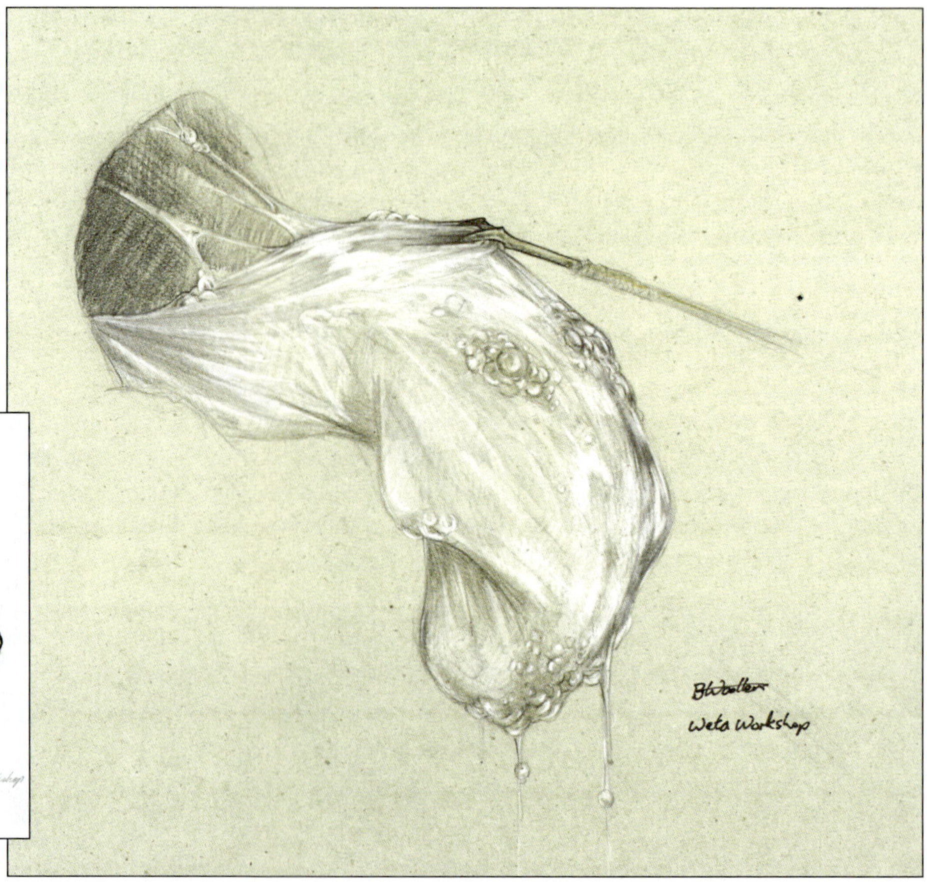

URUK-HAI-HOLZFÄLLER
Entwurfsskizzen
Warren Mahy
Beide Illustrationen dienten dazu, die Werkzeuge und Kleider der Uruk-hai zu zeigen, die in den Wäldern um Orthanc Holz schlugen. Letztlich wurden diese Entwürfe nicht verwendet, weil das Holzfällen den Orks zufiel und die Uruk-hai zu reinen Kriegern wurden.

URUK-HAI
Skizzen der Rüstung
Christian Rivers und Warren Mahy

Die Skizzen links (oben von Christian, unten von Warren) sind frühe Entwürfe für die Rüstungen der Uruk-hai, vor allem für ihren Kopfschutz, der, anders als im Film, ihre Gesichter verdeckt. Die größere Illustration von Christian ist ein sehr früher Entwurf. Er sieht ziemlich kompliziert aus und zeigt auf dem Brustpanzer Sarumans weiße Hand.

URUK-HAI
Kopf-Skulpturen
Ben Wootten und Jamie Beswarick
Die drei Modelle oben (das kahlköpfige stammt von Jamie) sind nur einige von vielen verschiedenen Ideen für die Gesichter der Uruk-hai. Die große Skulptur unten links ist tatsächlich die erste ihrer Art, die für die Film-Trilogie angefertigt wurde. Ironischerweise griff man für den Film gerade auf diese Skulptur zurück.

URUK-HAI
Entwurfsskizzen
Daniel Falconer und Christian Rivers
Diese beiden sehr frühen Skizzen der charakteristischen Schädel wurden gemacht, bevor Modelle angefertigt wurden. Die obere stammt von Daniel, die Gruppe von vier Variationen von Christian.

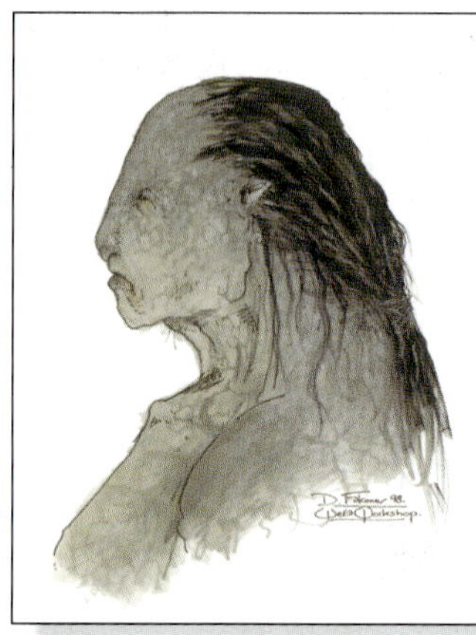

URUK-HAI
Entwurf für die Rüstung
Christian Rivers
Dieser frühe Entwurf zeigt einen Uruk-hai, der einen Hobbit bedroht, wahrscheinlich Merry oder Pippin. Man fand, die Rüstung sei zu kompliziert und erinnere zu sehr an stereotype Fantasy-Ästhetik. Der Stil, der für alle Rassen Mittelerdes maßgebend wurde, legte größeren Nachdruck auf die Nähe zu historischer Realität.

TROLLE

STEIN-TROLL
Entwurf
Jamie Beswarick
Um den Zusammenhang der Geschichte mit dem „Hobbit" anzudeuten, stoßen die Hobbits und Streicher auf ihrer Reise in „Die Gefährten" auf die drei Trolle. Jamie arbeitete mit einer speziellen Masse, um die genaue Beschaffenheit des Trolls hinzukriegen. Er ist einer der drei, die ein paar Jahre früher von Gandalf auf den Trollhöhen in Steine verwandelt wurden, als sie darüber stritten, wie Bilbo und die Zwerge am besten zuzubereiten wären.

STEIN-TROLL
Entwurf
Bill Hunt
Dies ist Bills Version eines der drei Trolle. Nach Ansicht von Weta-Chef Richard Taylor zählten die Stein-Trolle zu den nettesten Verweisen auf den „Hobbit". Obwohl im Film nicht darauf Bezug genommen wird, dürfte der Tolkien-Fan die Trolle als jene wiedererkennen, die bei einem früheren Abenteuer Bilbos verwandelt wurden. Die Entwürfe sind freie Weiterentwicklungen eines Gemäldes von Alan Lee für die illustrierte Ausgabe des „Herrn der Ringe".

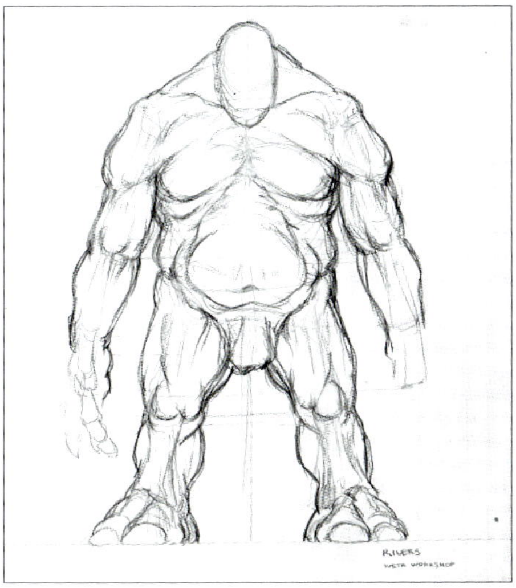

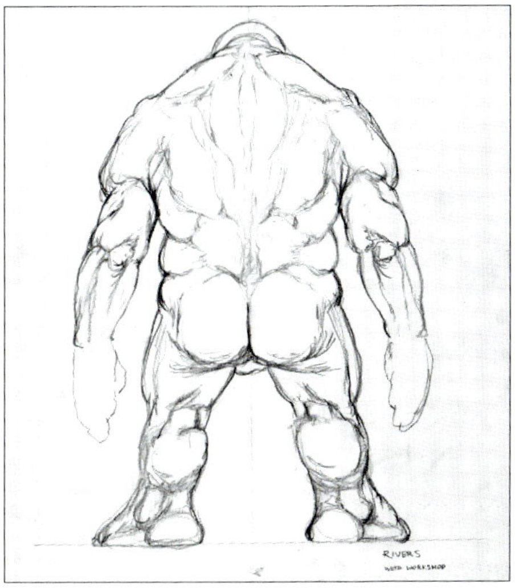

HÖHLENTROLL

Frühe Entwürfe

Ben Wootten und Christian Rivers

Christians Bleistiftskizzen und Bens Kopfskulptur wurden nach allerlei Versuchen gutgeheißen, denn die Sequenz, in der dieses Wesen erscheint, ist eine der wichtigsten des Films. Peter setzte dem Weta-Team auseinander, wie der Höhlentroll aussehen sollte: „Wie ein unwissendes Kind – nur drei Meter groß“, war seine liebevolle Beschreibung. Richard Taylor meinte, „am Ende kommt man vermutlich ganz gut mit dem Troll aus, ein Problem allerdings bleibt, daß er, wenn er sauer ist, das Haus kurz und klein schlägt. Wenn er dann stirbt, kann man sich gut in ihn hineinversetzen, als die rechtschaffenen Gefährten zu extremen Mitteln greifen müssen, um ihr Unternehmen zu retten. Ich meine, man sollte ruhig ein wenig darüber nachdenken, daß sie das tun mußten.“

G-26

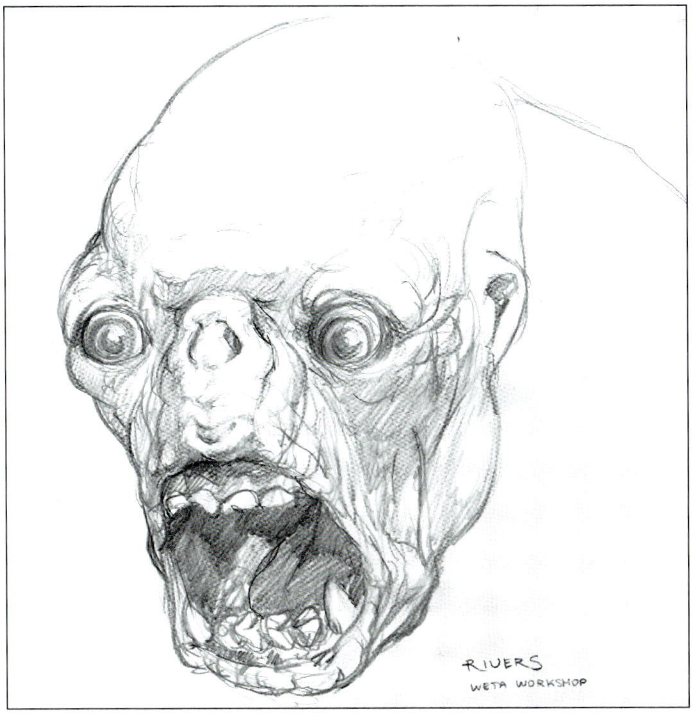

HÖHLENTROLL
Entwürfe
Christian Rivers und Ben Wootten
Ausgehend von dem gescannten Digitalmodell des Trolls experimentierte Christian Rivers mit Gesichtsausdrücken, in diesem Fall mit einem brüllenden Gesicht. Christian zeichnete auch 1997 den allerersten Höhlentroll (unten rechts). Bevor die Entscheidung für den endgültigen Gesichtsausdruck getroffen wurde, probierte Ben Wootten eine Vielzahl von Varianten aus (unten links).

Umseitig ist Jamie Beswaricks Modellentwurf eines Trolls zu sehen, bemalt von Ben Wootten.

◀ **HÖHLENTROLL**
Bleistiftskizze
John Howe
„Zwei Höhlentrolle! Das war nachher, denn als Alan und ich eintrafen, waren die Höhlentrolle bereits entworfen, so daß wir lediglich die Modelle in voller Größe zu sehen bekamen. Die Zeichnungen waren also nur eine Spielerei, einfach ein Spaß, ich wollte Trolle zeichnen!"

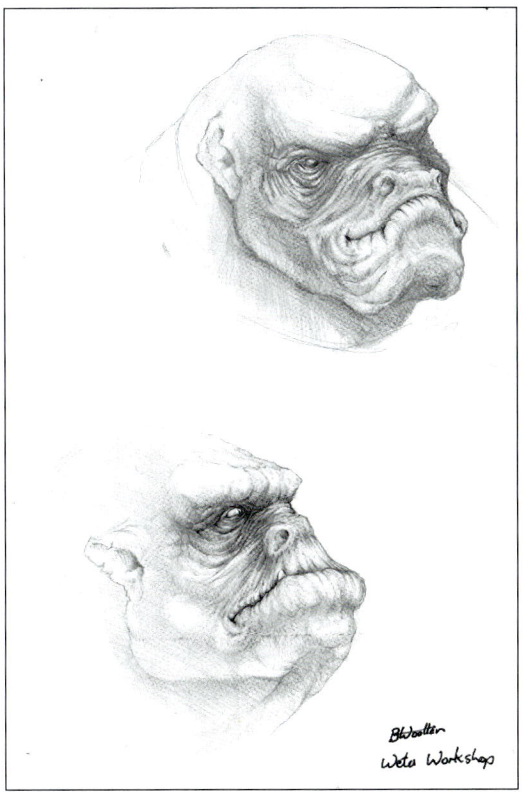

Der Wächter im Wasser

DER WÄCHTER
Konzept-Skizzen
Daniel Falconer
Für den tintenfischähnlichen Wächter, der vor dem Westtor von Moria in seinem selbstgeschaffenen See haust, sind mehr Entwürfe angefertigt worden als für die meisten anderen Lebewesen. Darunter waren der oben abgebildete, der sich einer Ammonitenform bedient, um zu betonen, daß der Wächter uralt war und seit dem Ersten Zeitalter Mittelerdes existierte. Der untere Entwurf war der letzte, den Daniel zeichnete; er wurde gebilligt, so daß ein dreidimensionales Modell angefertigt werden konnte. Die einzigen Veränderungen, um die Peter Jackson bat, betrafen die Augen, die höher gerückt werden sollten, und die Mundöffnung, die nach oben ins Gesicht geschoben werden sollte.

Weta Workshop

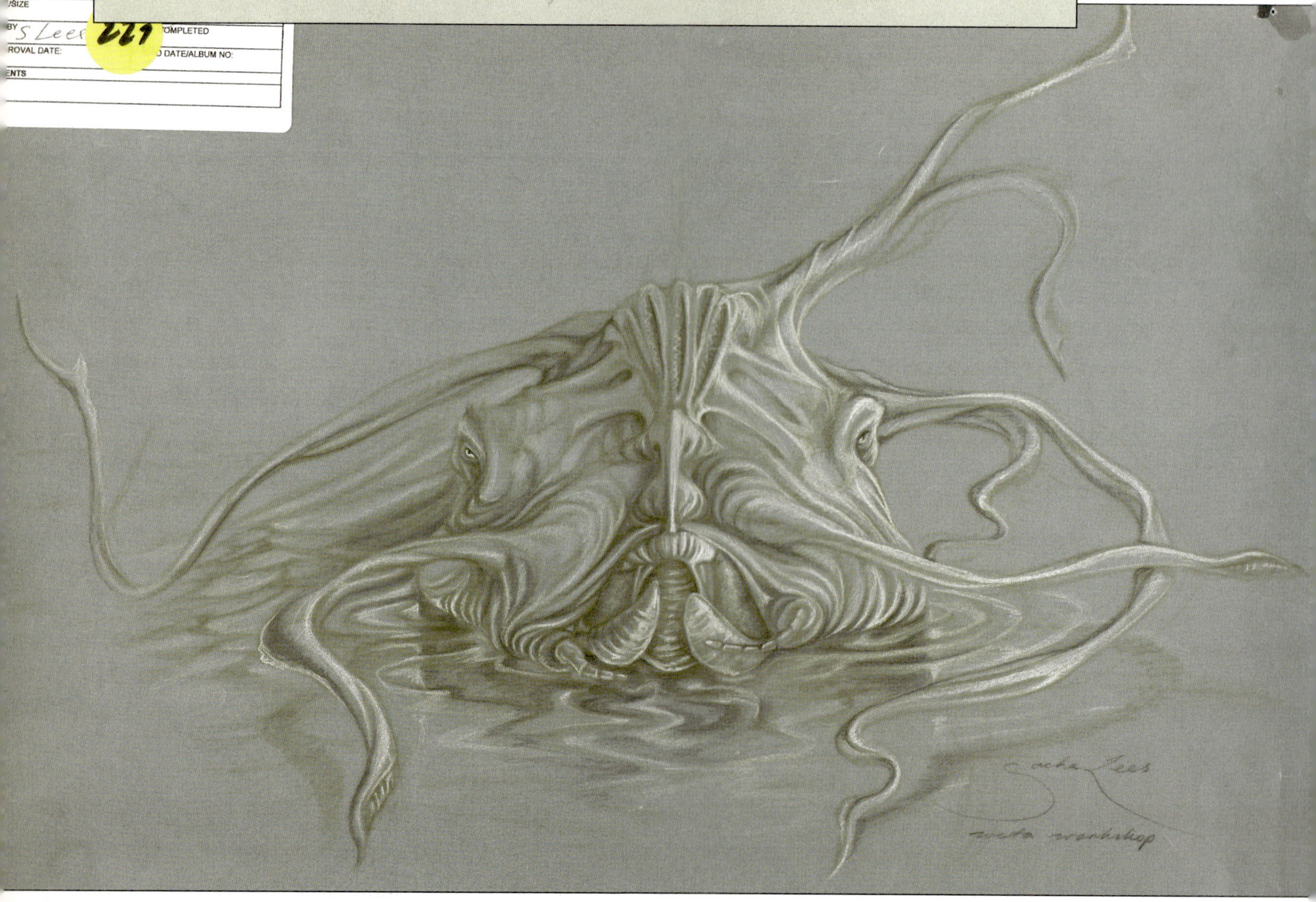
SIZE
BY S Lees
221
OMPLETED
ROVAL DATE:
D DATE/ALBUM NO:
ENTS
Sacha Lees
weta workshop

DER WÄCHTER

Entwurfsskizzen

Verschiedene Künstler

Beginnend oben links: Warren Mahys frühe Version betont mehr das Krustentierhafte, während die von Sacha Lees sehr tiefseehaft wirkt. Ben Woottens Entwurf oben rechts läßt eher an eine See-Anemone denken, während der von Warren (unten) die Mundöffnung und die Greifarme hervorhebt, um einen beklemmenden Eindruck hervorzurufen. Nachdem die Entwurfsphase abgeschlossen war, stellte Christian Rivers die Illustration für die Produktion her (umseitig), die auf dem Wächter-Entwurf von Daniel Falconer beruht.

▲ DER WÄCHTER
Entwurfsskizzen
Sacha Lees
Die in der obigen Skizze ausgeführte Idee demonstriert, daß das Lebewesen durch Bewegungen seines mit Flüssigkeit gefüllten Körpers die Form verändern konnte.

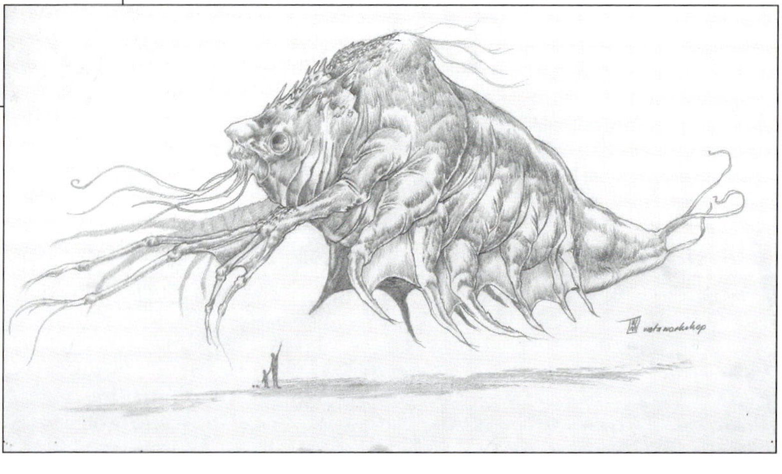

DER WÄCHTER
Entwurfsskizzen
Daniel Falconer und Warren Mahy
Daniels Wächter wurde nicht berücksichtigt, weil man meinte, diese Kreatur bewohne eher die Tiefsee denn einen flachen See. Warrens Entwurf (rechts) sollte den möglichen Größenunterschied zwischen dem Wächter und den Hobbits verdeutlichen.

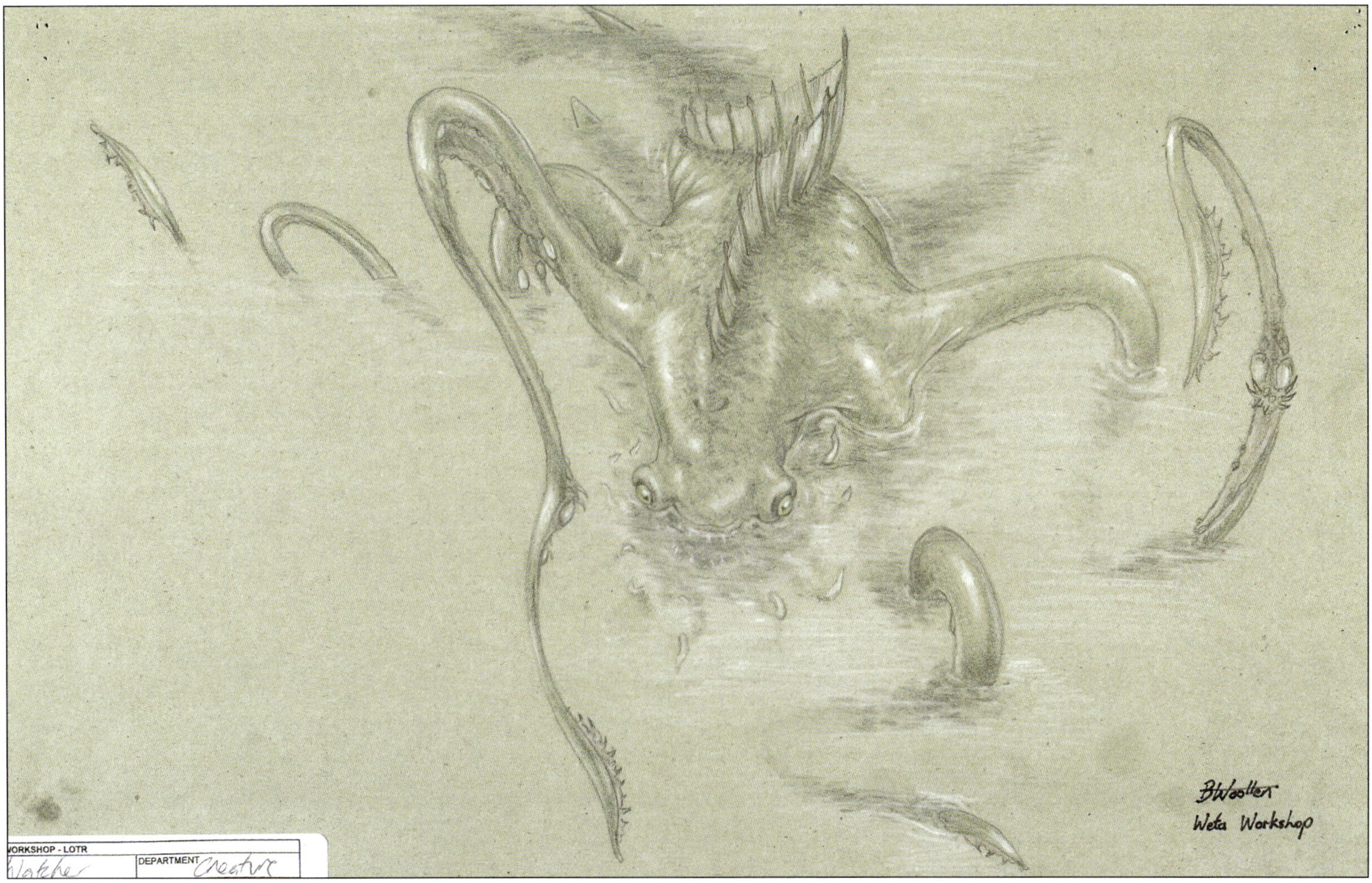

DER WÄCHTER
Entwurfsskizzen
Ben Wootten
Die zwei abgebildeten Wächterbilder entfernten sich vom Tintenfisch-Konzept, machten die Kreatur stärker zu einem typischen Geschöpf Mittelerdes (oben), während sie auf dem unteren Bild eher einem Kopffüßer zu ähneln scheint.

Ringgeister

RINGGEISTER
Konzept für die Geisterwelt
Paul Lasaine
Laut Richard Taylor stellten die „wirklichen" Könige (im Gegensatz zu ihren Ringgeister-Formen) „ein sehr interessantes Problem dar. Wie erfindet man Zombies neu? Nun, sie sind keine Zombies, sie sind spirituelle Wesen, aber dennoch eine kompakte, fest auf dem Schauspielergesicht sitzende Maske, die Verfall, Alter und Lebhaftigkeit ausdrücken soll. Wir wollten dem Aussehen der spirituellen Welt eine neue Qualität geben, darum schlug Peter vor, wir sollten uns vorstellen, die Könige hätten tausend Jahre lang Zitronen gelutscht, und genau diesen Ausdruck zu erreichen war unser Ziel."

RINGGEIST UND PFERD
Bleistiftskizzen
John Howe und Alan Lee

„Dies sind einige Bilder des Hexenkönigs und der Geisterpferde. Da man die Pferde ursprünglich digital herstellen wollte, war es ungemein aufregend, etwas von Grund auf neu zu entwerfen. Ich war wirklich glücklich mit der Skizze, die das ganze Pferd zeigte, weil es ein Pferd war und doch wieder keines – ich wollte etwas sehr Beunruhigendes, folglich ist der Unterbauch eigentlich der eines Stiers. Und die Beine ähneln stark – nun, ich dachte eher an eine Raubkatze. Der Kopf ist ein bißchen klein. Es ist wundervoll, eine neue Pferderasse zu entwerfen – doch schließlich stellte sich heraus, daß ein echtes Pferd erheblich preiswerter sein würde. Den Nasenschutz unten rechts steuerte Alan bei, um den Eindruck der Bösartigkeit zu verstärken.“

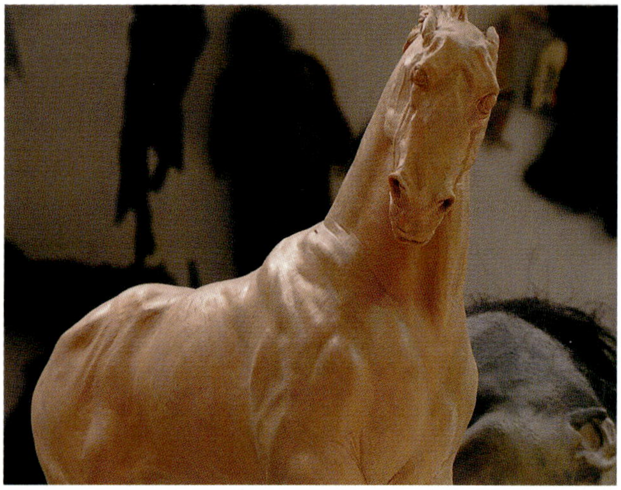

RINGGEISTER

Entwurf für das Gesicht und Pferdemodelle

Jamie Beswarick und Ben Wootten

Oben ein früher Entwurf der Gesichter der Ringgeister, wie sie Frodo in der Wetterspitze-Sequenz erscheinen. Ausgehend von John Howes Skizze modellierte Ben die Pferde der Ringgeister als Plasteline-Skulpturen (unten).

RINGGEISTER
Entwurfsskizzen
Christian Rivers

Über die Pferde der Ringgeister wurde viel diskutiert – sollten sie so böse sein wie die Ringgeister oder verängstigt, gegen ihren Willen vorwärtsgetrieben? Ebenso fragte man sich, ob sie einer neuen, bisher nicht gesehenen Pferderasse angehörten. Rein schwarze Pferde sind ziemlich selten, und in einer Anzahl von Einstellungen mußten die traditionell weißen Knöchel der Pferde digital gefärbt werden, damit sie zum übrigen Körper paßten.

Das Balrog

▲ DAS BALROG
Entwurfsskizze
Christian Rivers
Eine der frühesten Entwürfe für das Balrog. Christian hatte ursprünglich die Vorstellung von einem menschenartigen Wesen mit Flügeln aus Flammen.

▶ DAS BALROG
Entwurfsskizze
Daniel Falconer
Hier sieht das Balrog einem Reptil weit ähnlicher, doch die Feuermähne blieb bis zur Endfassung erhalten. Letzten Endes wurde das Balrog mit Hilfe einer Reihe von Modellen in den Weta Workshops realisiert und nicht auf dem Papier, auch wenn John Howes Einfluß immer spürbar blieb.

DAS BALROG ▶▶
Illustration für die Produktion
Christian Rivers
Dieses Bild (nächste Doppelseite) schuf Christian, um zu veranschaulichen, wie man das Balrog in voller Größe zum erstenmal an der einstürzenden Brücke von Khazad-dûm sehen würde.

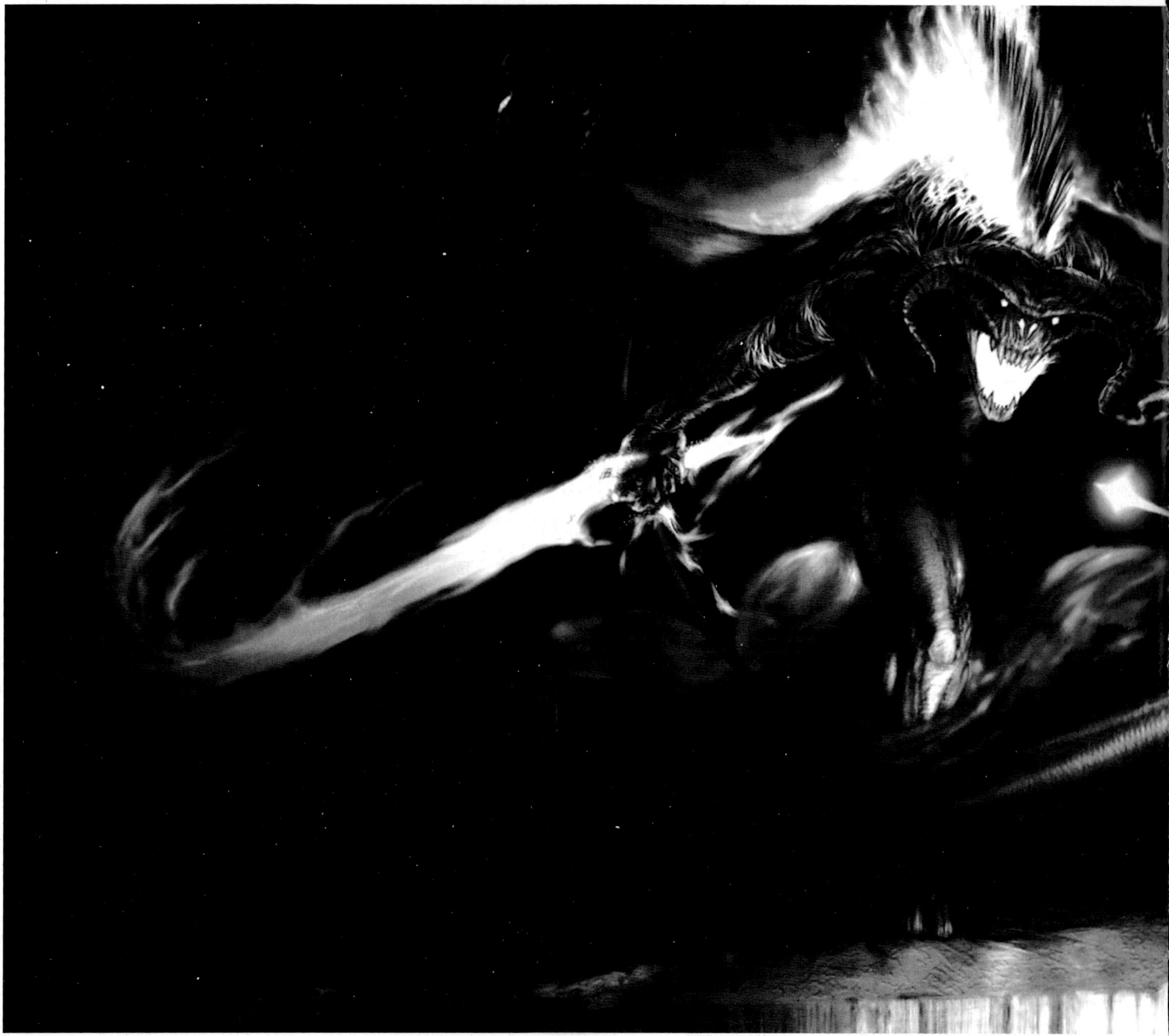

DAS BALROG
Entwurfsskizze
Shaun Bolton
Shaun zeichnete diesen frühen Entwurf für ein brüllendes, in Flammen gehülltes Balrog. Es wurde den Weta-Künstlern rasch klar, daß das Balrog eine sehr knifflige Aufgabe darstellte. Wichtiger als Fragen der Anatomie und der Form wurden Probleme wie Licht und Dunkel, Schatten und Flamme, die das Balrog im Kern ausmachen.

▶ DAS BALROG
Entwurfsskizzen
John Howe
„Es machte Spaß, sich über das Balrog Gedanken zu machen, weil es von allen Kreaturen dasjenige ist, das die Fans spaltet. Tolkien war immer sehr sparsam mit der Beschreibung, also interpretieren es die Leute auf verschiedene Weise. Ich habe es immer mit Flügeln gezeichnet, weil es mir einfach toll erschien, ihm Flügel zu geben. Es gibt einen Hinweis im Buch, wo Tolkien schreibt: ‚Da sind Schatten, wie Flügel'. Und offen gesagt war das für mich die ganze Entschuldigung, die ich brauchte, um ihm Flügel anzupappen. Es steht nicht da, sie hätten keine Flügel, also warum nicht? So dachte Peter auch immer! ‚Wenn es nicht dasteht, daß es das nicht gibt – dann können wir es ruhig machen!'"

LORD OF THE RINGS
Drawing Title:
Drawing Number:
420
Drawn By

SEE
VOLCANO
BOOK
LORD OF THE RINGS
Drawing Title:
Drawing
Drawn By:

DAS BALROG
Modellentwürfe
Jamie Beswarick und Ben Wootten
Rechts ein früher Entwurf für den Kopf des Balrogs von Jamie. Gegenüber und auf der folgenden Seite ist das endgültige Modell zu sehen, hergestellt von Ben, dazu ein Farbschema von Gino Acevedo. Vom Modell wurden Fotos von allen Seiten gemacht, um herauszufinden, wie es aussehen würde. Nachdem die Skulptur bemalt war, wurde sie wiederum bei unterschiedlichen Beleuchtungsverhältnissen fotografiert, um festzustellen, welche Wirkungen sich erzielen ließen.

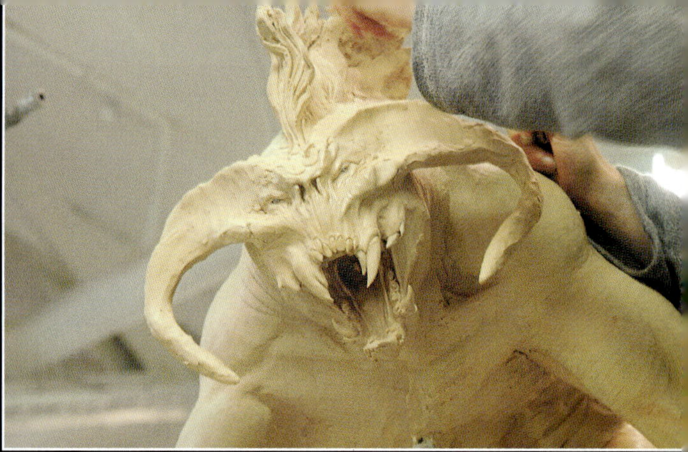

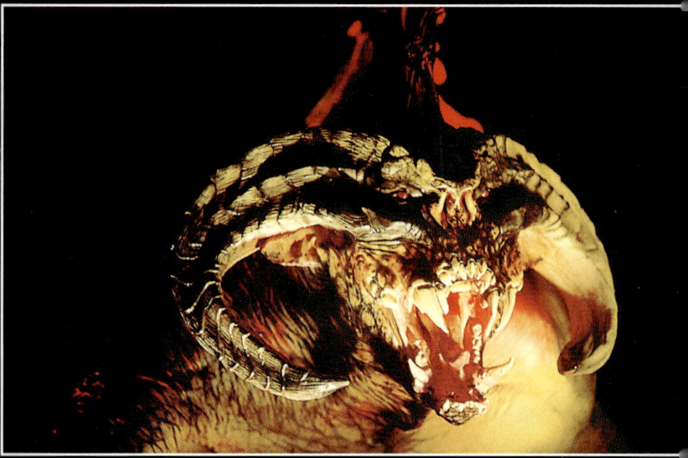

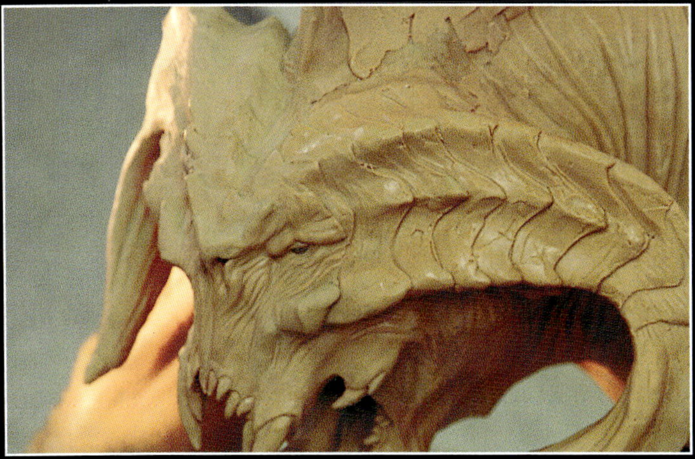

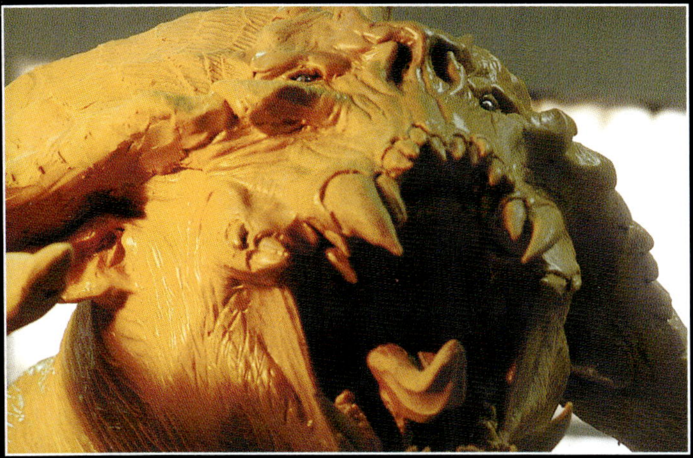

DER HERR DER RINGE
DIE GEFÄHRTEN

Conceptual Designers
Alan Lee
John Howe

Production Designer
Grant Major

Costume Designer
Ngila Dickson

Director of Miniatures Photography
Alex Funke

WETA WORKSHOP LTD
Kreaturen, Modelle, Rüstungen, Waffen, Maske (Spezialeffekte)
Richard Taylor

Designers/Sculptors
Jamie Beswarick
Shaun Bolton
Daniel Falconer
Warren Mahy
Ben Wootten
Sacha Lees
Johnny Brough
Sourisak Chanpaseuth
Bill Hunt

Prosthetics Supervisor
Gino Acevedo

Senior Miniature Technicians
Paul Van Ommen
John Baster
Mary MacLachlan

Photoshop Artist
Mel James

VISUAL EFFECTS ART DEPARTMENT
Visual Effects Art Directors
Paul Lasaine
Jeremy Bennett

Photoshop Artist
Gus Hunter

3D Previs Artist
Imery Watson

WETA DIGITAL LTD
Visual Effects Art Director
Christian Rivers

Matt Painters
Max Dennison
Wayne Haag
Yanick Dusseault
Roger Kupelian
Laurent Ben-Mimoun

BENNETT

Weiter geht es mit …

Die Erschaffung eines Filmkunstwerks

DIE ZWEI TÜRME